七十年目の鎮魂歌

――お母さん、妹たちよ
姉さんは亜米利加を許そうと思います――

目次

まえがき

本篇

あとがき

著者　まえがき

あの日から七十年が過ぎ、当時十六歳だった少女は今八十六歳で、腎臓透析とデイサービスに通い、今はベッドに寝たきりの物言わぬ夫の許に通う日々を過ごしています。長くもあり短かったと思う人生も、何時此の世を去ってもおかしくない、朝の紅顔夕べの露と消えるのを待つ身です。夫を見送るまでは決して死なないと心に決めておりますが、もう一つ心から消えない重荷があります。

それは、七十年間私の引き出しに入ったままの百枚の原稿用紙です。あの敗戦、忌まわしい空襲で凄惨な死を遂げた母や妹の無念を、いつか果たせないかと思い続けて居りました。運命の別れ道を右と左とに逃れた生死の別れ道が、死ぬまで心から離れません。ふと私は、笑っていて良いのか、こんなにも美味しいものを食べていいのか、こんな幸せな日々を過ごしていいのか、と思いながら涙する夜があります。そして、やっと決心して、この原稿を世に出すことで亡き人々への鎮魂歌としたいと思ったのです。

心を整理しながら、戦後七十年たった今になって、やっとアメリカを、アメリカのやった事を、全ては戦争という仕組みの中で行われた仕業として、受け入れざるを得ないこととして許すことにしました。

アメリカの狡猾《こうかつ》でハゲタカの様な指導者に対して、日本の指導者は、まるで七面鳥のように無防備でした。悪意を見抜けず、日英同盟を簡単に手放してしまいました。

有力国との同盟を軽視して、簡単に捨て去ってしまう姿勢には強い怒りを覚えます。私たち家族の運命を含めて、多くの血の通った人々の命が、そのために、とても残酷なやり方で途絶えてしまったのです。

若者の中に、純粋に戦争に反対するため、あらゆる抑止力に反対する人々がいるのは存じております。しかし、あなた方は、本当に歴史を勉強されましたか。あなたたちが本当にすべきことは、デモですか？平和を守るためにすべきことは憲法九条を守ることですか？

私は、戦災で家族を失った一人の人間として、彼ら、彼女らの軽々しい行いに強い憤《いきどお》りを覚えます。

日本国憲法において、私たちがこれから信じようとする平和を愛する諸国民とやらは、その公布一年半前には、日本全土でホロコーストを行い、子供たちを相手に〝狩り〟を楽しんでいたのです。この憲法の謳《うた》う、善意の一かけらでもアメリカにあったなら、このような悲惨なことにはならなかったはずですが、そのようなことを国際社会で期待することは、「甘え」でしかありません。

お母さん、妹たちよ、そして、兄弟たちよ、私は、アメリカ合衆国を許すことにします。それは、博愛主義でも、彼らのやったことの正当性を認めるからでもありません。

ひとえに、大切な、大切な、日本の人々の将来にとって、私たちの記憶が「足かせ」にならないようにするためです。

若い人たち、今は、この老人の気持ちがわからなくてもよいのです。

いつか、子供や家族を持った時、本当に彼ら彼女らを守るということがどういうことか考えたときに、一つの答えが出ると思います。

どうか、平和を維持するためには、抑止力という努力が必要だということを学んでください。

口先ではなく、外交や国防がいかに大切か、学んでください。

すべてに強い日本でなければ、平和は続かないのです。

この美しい日本が、永遠に美しくありますように祈ります。

緑に輝くこの地球が続く限り、日本も輝きます様に祈りながら。

平成二十七年八月三十一日

著者　喜久子

編者　まえがき

いつの頃からだろうか、僕が霊を怖れなくなったのは。

いつの頃から、僕は、この世に想いを残す霊たちの魂を、愛おしく感じるようになっていた。

きっと、祖母から、東京で命を落とした無数の人々のことを聞いてからだと思う。

今は、そう確信している。

昭和二十年（一九四五）五月二十五日、東京は火の海だった。互いに思い合っていた多くの家族、人々が落命した。だから、今、彼ら彼女らの心がまだ、この世に残っているとしたら、私は、ひたすら、彼らの話を聞いてあげたい。僕にとって彼らの存在は、恐怖の存在ではなくて、極々身近で先に天国に逝ってしまった曾祖父のような存在である。

だから、「今の繁栄のための礎《いしずえ》となった」とかそういうありきたりな言葉ではなくて、いまこそ、彼ら彼女らの人生、存在にただひたすら寄り添いたいと思う。

その時まで、彼ら彼女らは、確かに、泣いて、笑って、大変だったかもしれないけれど、一人ひとりの人生を歩んでいた。その途絶えてしまった命の証、彼ら彼女らが残酷な形で命を絶たれてしまったことによる、周囲の慟哭《どうこく》、苦しみ、そして、それは、取りも直さず、彼ら、彼女らの生きた証を、戦後七十年の節目に残してあげたい。そういう思いから、祖母の体験を出版することを決めた。

商業出版にあたり、多大なご協力を賜ったはるかぜ書房の鈴木雄一社主、担当の村上さまはじめとして多くのスタッフの方々に深い感謝の意を表します。

本書を、戦災死された全ての方々に捧げます。どうか、安らかに。

平成二十七年八月三十一日

編者　菊地　英宏

1．ようやく迎えることができた御骨

お母さん、そして僅か八歳と三歳で逝ってしまった妹の多佳子、裕子……さぞ待ちくたびれていたでしょうね。ごめんなさい。三十九年ぶりに、貴女方三人のお骨を故里に迎えてあげる事になりました。

昭和二十年（一九四五）五月二十五日の夜半に始まったB29による空襲（東京山手大空襲）の焼夷弾で戦災死した三人の遺骨は、東京都慰霊堂（墨田区横網町）に祀られたままでした。以前何回も問い合わせた時には、「皆様御一緒にお祀りしてありますから」と云う御返事のみでした。

ある朝、何気なく回したテレビに慰霊堂の電話番号が映されていたのです。戦災者の名簿の公開の事、そして引取り手のない四千ものお骨があると云う報道でした。思わず「あっ」と声を上げました。駄目だとあきらめていたのです。だから昭和二十一年五月に復員して来た父は、毎年毎年、慰霊堂へお参りしていたのですが、ここ二年ばかり上京しなくなりました。年を取ったからです。

私はすぐに電話を取りました。そして手続きをすれば三人のお骨を返してもらえる事が判ったのです。八十二歳になる老父が元気なうちに、お母さん、多佳子、裕子を迎えに行ける事になりました。手続きが済んで、「その日が決まったら教えておくれ。床屋に行きたいから」と父は心待ちにしておりました。

三人を失った心の傷は消え去る事はありませんが、先祖のお墓に迎えてあげられることで、心の痛みが少しでもいやされる様な気がします。係りの方のご親切や、手続きに協力してくれた主人のおかげで、やっと東京都慰霊堂にお迎えに行きました。次弟泰正の運転で、父と夫と私の四人。昭和五十九年四月十五日、花曇りの日、少し遅れた桜前線が東京に桜まつりを運んでいました。

三十九年もの長い年月、慰霊堂に安置されたままになっていた三人を迎えに行ったのです。

「三人揃ってきちんと保存されていたのは、大変珍しいことです」と係りの方から渡された、古びた小さな壺、これも赤茶けて切れそうな紙に三人の名前がはっきりと記されていました。お骨は、震える腕で抱き取った弟の手より、八十二歳の老父の胸に。夫の、そして父の故郷である土浦に、三人が帰ってきたのです。

ごめんなさい。お母さん、多佳子、裕子、こんなに長い年月、どうしてあげることも出来ず、東京に置き去りにしてしまって。もう故里で安らかに眠ってください。戦火に追われて逃げまどい、もう助からないと悟ったとき、どんなに苦しかったことでしょう。どんなに恐ろしく辛く情けなかったことか、想像に絶するものがあります。

この原稿を引き出しから出して読み返すのには勇気が要ります。でも、私たち家族の話だけでも、せめて語り伝えて行かなければ、戦火で散った三人に申し訳ないと思いました。

当時十六歳だった私が体験した記録と、後日調べた事実を纏《まと》めることにしました。

戦火の犠牲になった母や二人の妹、そして、ともに苦労してきたのに三十六歳で逝ってしまった長妹千恵子、復員後辛い戦後を経て八十五歳で逝った父。立派な社会人として生き、今は静かな余生を過ごしている弟たちへ、「ご苦労様でした」の思いを込めて書き綴っておくことにしました。

歴史的背景を理解されない若い方もいらっしゃるでしょうから、しばらく、東京大空襲に至る経緯を説明しますので、お付き合いください。ご存知の方は、読み飛ばして下さって結構です。

これは、孫の英宏（編者）から学んだことです。

事の起こりは、大正十年（一九二一）まで遡ります。その時に、日本の運命に、小さな綻《ほころ》びが生まれました。それは、はじめ小さなものに見えましたが、関わる人間の恐ろしい悪意によって拡大し、私たち家族を巻き込んでいくことになるのです。

覇権が動くとき戦争は生まれます。言い換えれば、戦争を起こそうとする悪魔たちは、覇権を従来の勢力から奪うことから始めます。大正十年より以前、英国は「大英帝国」（グレートブリテン）でした。ですが、それ以降の英国は単なる「英国」、即ちジャストイングランド（イギリスが植民地を手放し、本土のみになってしまった状態）への道を辿ることになるのです。「覇権国家」英国に対する巧妙に隠蔽《いんぺい》された挑戦はやがて、日本を大きく巻き込んで行くことになるのです。

何があったのでしょうか。

それは、四ヵ国条約の締結と日英同盟の解消です。

日露戦争以後、日英は海上の主要な要衝の制海権を握っていました。日英が手を結んでいれば、アメリカ合衆国さえも「敵ではなかった」のです。

ですが、台頭するアメリカ合衆国にとってはそれこそが、「問題」であったのです。こういった場合、策略家ほど段階を踏むことになります。最終目的は日英分断にあるとしても、それを隠して行動するのです。

アメリカ民主党のトーマス・ウッドロウ・ウィルソンは、一九一三年三月四日から一九二一年三月四日まで大統領を務めます。

彼は、当初の中立姿勢を破棄して第一次世界大戦への参戦を決断し、英国の信頼を得ました。彼は、そこから始めることにしたのです。

そして、ついにウィルソンは多国間主義を掲げ、日英同盟の破棄と四ヵ国条約の締結を日英に迫ってきました。ウィルソンは、その「高潔な」ウィルソン主義の精神とは裏腹に、世界から日英による平和を取り上げ、日米英仏による、相互不信に基づく、腹の探り合いしかない野蛮な多国間主義というジャングルを構築することに成功します。そしてこれこそが、悪魔の蔓延《はびこ》る温床となるのです。

一九二一年、「グレートブリテン」は、そう意図したかどうかは別として、四ヵ国条約を選択した時点で覇権を手放しました。そしてそれは、「ジャストイングランド」への道であり、世界を不幸のどん底に叩き落とすものでした。

日英同盟を維持した場合、戦力互角、生産力有利の英国は、同盟国の日本との決戦にいつでも勝つ潜在的可能性を持っています。ですが、四ヵ国条約の中で、米英が同盟を結べばどうでしょうか。戦力互角とはいえ、生産力の伸びしろで、圧倒的に引けを取る英国は決して米国に勝てないことになります。

これこそが、米国民主党のウィルソンがグレートブリテンをその座から引きずり下ろすために仕込んだ罠だったのです。

そしてそれは、米国民主党の偉大な目的のために行われたのです。

グレートブリテンをジャストイングランドにする。そして、米国が代わりに超大国の座に就く。

この時点で日本の転落は決定づけられていましたが、破滅は決定づけられていませんでした。私たち三姉妹と母を襲った、あの大空襲も。

トーマス・ウッドロウ・ウィルソンの元でアメリカ合衆国海軍次官を務めた男がいます。勘の良い人は、見当がつくかもしれません。そう、フランクリン・デラノ・ルーズベルトその人です。一九一三年三月十七日から一九二〇年八月二十六日まで務めました。二人の間で何が語られたかは、今となっては知る由もありません。

時は流れ、一九四一年十二月七日（ハワイ時間）が訪れます。

多数の大日本帝国海軍所属の航空機によって、真珠湾は猛爆されました。七時五十八分、アメリカ海軍の航空隊が「真珠湾は攻撃された。これは演習ではない」と警報を発します。

四隻の戦艦が葬られ、米国太平洋艦隊は壊滅します。

しかしこの瞬間こそ、彼らの全ての悪意が結実した瞬間だったのです。

勘違いしてはいけません。それは、大日本帝国のアメリカ合衆国に対する悪意ではありません。ルーズベルトとその側近たちによる、日本民族に対する史上まれにみる薄汚い悪意が結実した瞬間なのです。

一九四一年十二月七日こそ、一つの民族と歴史を明確に葬ることに成功することになる、巨大な悪意に満ちた一大ホロコーストが明確に免罪符を与えられた瞬間であり、悪魔たちにとっては祝福の時となったのでした。

よく、ルーズベルトは真珠湾攻撃を知っていたと言われます。

ですが、この言い方はナンセンスです。ルーズベルトは攻撃の対象がハワイであることを知る必要はなかったし、この際、知っていようが、知っていまいがどうでもよいことであるからです。

より正確に書けば、彼は戦争を始めたわけでも、日本海軍を野放しにしたわけでもありません。

彼は戦争を作ったのです。

「真珠湾を忘れるな」と多くのアメリカ人は言います。ですが、その後、この言葉を口実に行われたすべての非人道的歴史と、一つの誇り高い民族を地球上から消し去ることに成功したおぞましいふるまいを思い起こせば、真珠湾の位置づけはおのずと決まってくるのです。

読者のために、幾つかの象徴的な事実について紹介します。

ルーズベルト大統領の三選直前、一九四〇年一月に、アメリカ陸軍のアーノルド将軍は超長距離大型爆撃機（B29）開発計画を発足させます。これは一トンの爆弾を積んで八〇〇〇キロメートル以上を飛ぶことができる爆撃機を作ることを想定していました。明らかにこの要求仕様は、ドイツが標的ではありません。

戦力の破壊を目的とした真珠湾と、一九四〇年に始まったこの悪意は、全く異質のものです。

さらに言いましょう。ジャーナリストの日高義樹氏によれば、原爆の最初の六〇〇〇ドルの開発予算が計上され、議会を通過したのは一九四一年十二月六日のことで、日本が真珠湾を攻撃した十二月七日（ハワイ時間）の一日前なのです。そして、明確に、核なき世界で、この悪意は計上されたのです。

加えて、ジャーナリストのヘンリー・S・ストークス氏によれば、真珠湾攻撃の六ヵ月前にはビルマのラングーン飛行場に多数の米国戦闘機、爆撃機が展開したといいます。

日本の指導者が好戦的であったのではありません。むしろ、ハゲタカに例えられる米国の指導者たちからすれば、七面鳥のように能天気であったのです。

ただ、もう戦争は嫌だ！　空襲は嫌だ！　火の中を逃げ回るのも嫌！

では、どうすれば、二度と戦火に遭わないで済むのでしょうか。望むと望まないのにかかわらず、我が国の周辺には、隙あらばと狙っている国々があることが気になります。竹やりや風船爆弾で戦うなんて子供も笑うようなことを考える人は、今更存在しないと思います。平和を守るには、それなりの覚悟と準備が必要だということは、私でもよくわかります。人工衛星が宇宙を飛び交い、ミサイルが海を越えるのが当たり前の時代になっています。

ファミリーでゴールデンウィークを楽しむのもそれなりに意義のあることでしょう。でも、その何分の一かの時間とお金を国防に向けなければならないと思います。災害にも役立つ、航空母艦ぐらい持たなくては情けなくはないでしょうか。備えあれば憂いなしです。わが国は、四方を海に囲まれた地震国なのです。平和は、お題目を唱えていれば叶うものではないと、為政者は肝に銘じてほしいものです。

そして、私たちにとっての運命の日はやってきました。

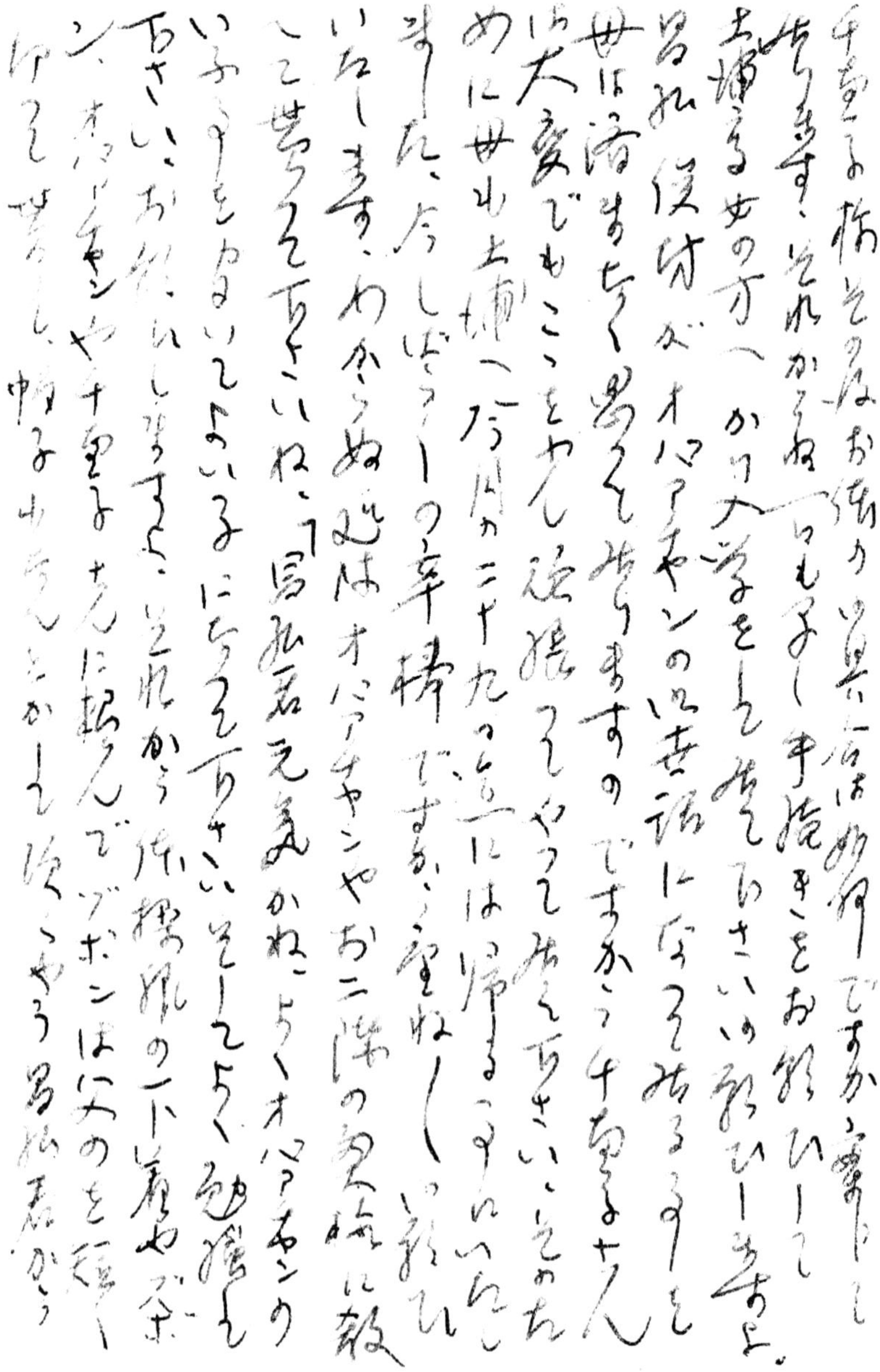
千恵子の病気のなおる御祈りの効果は如何ですか、案じてをります。それからね、いつもよし手続きをお願ひして土浦高女の方へかけ入学をして下さいとお願ひしましよ。昌弘後片付がオバアヤンの世話になってゐるのですも。母は清子よく思って居りますのでですから千恵子さんは大変でもここをやむ頑張ってやって居て下さい。そのために母も土浦へ行く四月か二十九日の祝日には帰るつもりでいたしました。今しばらくの辛棒ですから寂しいでせうがしっかりいたします。わからぬ事はオバアチャンやお二階の先生に教へて貰って下さいね。「昌弘君元気かね」よくオバアちゃんのいふ事をきいてよい子になって下さい。そしてよく勉強もして下さい。お願ひします。それから体操服の下着やズボン、オバアチャンや千恵子さんに頼んでズボンは父のを縫ひ作って貰ってね。帽子もとかして頂くやう昌弘君から

母が亡くなる日の午前中に私達に宛てて出した最後の手紙

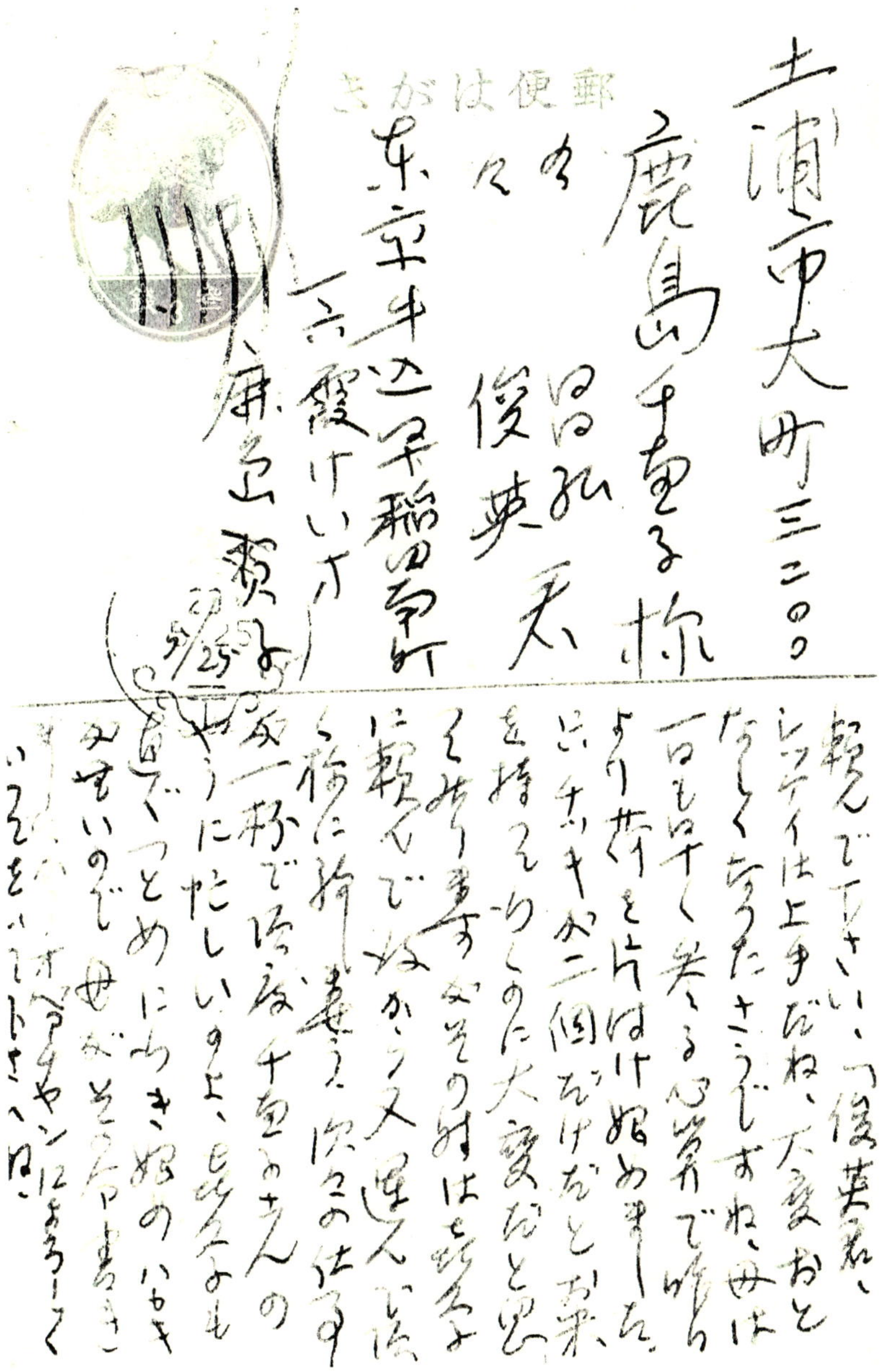
郵便はがき
土浦市大町三二〇〇
鹿島千重子様
々 昌弘
々 俊英 天
東京牛込早稲田南町
一六霞けい方
鹿島恭子
読んで下さい、「俊英君、
レンテイは上手だね、大変おと
なしくなったさうじすね、母は
一日も早く帰る心算で昨日
より荷を片はけ始めました。
だチャが二個だけだとお菓
を持ってもらったのに大変だと思
ってくれますがその時は恭子
に頼んで好かったと又運んで頂
く様に頼みませう 次二の休す
是非一緒で皆様千重子さんの
やうにいたしいのよ、昌弘も
自分でつとめにゆき始めのかき
みせいので世などへやまきさ
オへヤヤンによろしく
いふことをいって下さいへね。

2. 運命の五月二十五日

昭和二十年五月二十五日。その夜十時過ぎ、B29による空襲で猛火に包まれた早稲田の一角で、私たち一家の運命が大きく変えられてしまったのです。本書は、征野にあって生死不明の父の還りを待ちながら、小さかった五人の姉妹と弟たちが辿らなければならなかった放浪の物語です。

たった一夜で、こんなに変わってしまうものでしょうか。夢——悪夢、でも、夢なら覚めようものなのに……と、当時の日記に書かれてあるのですが。

昭和二十年五月二十五日の夜、大事なやさしい母と可愛かった小さい二人の妹が、永遠にその姿を消してしまったのです。生涯消えることのなく私の心が傷つけられてしまったあの日、五月二十五日の夜、それは私の十六回目の誕生日だったのです。

連日のように空襲警報のサイレンが鳴り響くようになった東京でした。去り難い東京の地への愛着で中々疎開の決心が付かない母を説き伏せて、やっと東京脱出の準備を始めたのは、三月十日、浅草江東方面の大空襲（東京下町大空襲）の後でした。あの夜は、早稲田弁天町百十番地の家の窓から見えた東の空に、真赤に焼ける火が炎々と天を焦がし、なかなか消えなくて、体が震えたものでした。

当時、女子挺身隊《ていしんたい》として大手町中央電話局に勤めていた私は、本所《ほんじょ》電話局へ出張で行く途中、一面の焼野原を見ました。一切の緑が消えた瓦礫《がれき》の山でした。その中で焼けた小さな三輪車に花を手向けるやつれた母親らしい人を見て、もう東京は駄目だと思ったものです。

東京が第二のふるさとと渋る母を急かせて、疎開の手続きをし、荷物を荷車に積んで、飯田橋の貨物駅に運んだのも、私と十四歳の長妹でした。でも、その間にも強制疎開によって弁天町の家は壊されてしまい、一時的にと早稲田南町の、母と同郷の霞ケイさん宅の二階に同居させてもらったのでした。

それというのも、同年二月十九日の昼間の空襲で、玄関の前に掘ってあった防空壕に入ろうとして、八歳の次妹多佳子が三歳の末妹裕子を背負って玄関を出たところを、米軍機の機銃弾で右腕に貫通銃創を受けて、治療中だったのです。霞ケイさんは、当時早稲田市場の二階で開業されていた歯科の女医さんでした。

その日、私が勤めから帰ると、母と多佳子が留守で、弟妹達ばかりが蒼い顔をして留守番をしていました。わけを聞いてびっくりする私に、裕子が、「お姉ちゃん、裕ちゃんも手が痛いよ」というのです。慌ててまくり上げた小さく細い右腕に血がこびりついていました。余りに細い腕なので、貫通していたのに、痺れてしまって直ぐに痛みを訴えなかったのです。可哀想な裕子。裕子を背負って、母が多佳子を連れて行ったという大曲にある片山病院まで走りました。

病院に着くと多佳子は手術の真最中、骨を貫通しているとのことでした。母は病院の廊下を一人で行ったり来たり、泣いていたのです。幸い裕子の方は、肉を貫通していただけなので、手当てをして頂いてそのまま母と帰りました。

その夜から三月末まで多佳子は入院して、夜は私が付き添いました。灯火管制の暗い病室で、多佳子は、私に心配させまいと、涙を流しながらも声を出しませんでした。そんな妹があわれで、私も泣きながら、妹の好きな「お山の杉の子」の歌を、何べんも何べんも歌ってやりました。一生忘れられなくなった歌です。

多佳子からは、地上から米軍機の搭乗員の表情がはっきりとわかったことを聞きました。笑っていたそうです。視界のひらけた搭乗員席からは、多佳子たちがはっきりと視認できたはずです。私は言葉を失いました。そして、怒りに震えました。アメリカ軍は、日本の一般市民の子供を狙ってハンティングをしていたのです。

そのとき、これは戦争ではないと、はっきりわかりました。

当時は、それをしっかりと表現する言葉が見当たりませんでしたが、今は、はっきり、その言葉を口にすることができます。一九四五年、米軍により日本本土で行われた行い、

それは、ホロコーストでした。

虐殺などという生半可なものではなく、もっと、システマティックに、冷徹に行われていくことになるホロコーストの序章でした。

多佳子は、五月になってもギプスを付けたままでしたので、都会を離れてしまってはその治療に事欠くのではないかという、母の心配があり、ひとまず、十四歳の妹、十二歳と五歳の弟の三人を、祖母の住む

土浦市に疎開させたのが五月十八日でした。十歳の弟はその前に、学童疎開で栃木県の山寺に行っていました。

弟妹を連れて土浦に行き、それぞれの転校の手続きをしたり、多佳子の治療のできる病院を尋ねたりして、東京に戻ったのが五月二十三日でした。私は、挺身隊として大手町にある中央電話局の寮に入ることに定めていたので、その荷物を纏《まと》めて近所の小父さんにリヤカーで運んでもらうよう依頼して、一人で東京に残る決心をしていました。そして、母と二人の妹達も五月二十七日には土浦へ疎開することにして、一切の手続きを済ませていたのです。

運命の五月二十五日。その夜、連日の厳しい生活の中で忘れかけていた私の誕生日をふっと気づいた母は、乏しい食料を工面してパンを焼いてくれたのです。思えば、悲しい最後になった母からのバースデイケーキです。「喜久子が土浦に一緒に行かれたら良かったのに」と、空襲下の東京に一人残す私を母はとても案じていたのです。

母の手作りのパンに心もぬくみ、階下でひっそりと奏でるおケイ小母さんの琴の音に、耳を傾けている時でした。またもや不気味な空襲警報のサイレンが鳴り響いたのです。何回聞いても背筋に悪寒の走る音です。命の本能から突き上げてくる不安とでもいうのでしょうか。

電気を消して手探りで妹たちの身支度を手伝っていると、階下のラヂオが「B29帝都上空に進入中」と繰り返し放送していました。この頃はもう、ラヂオより先に、人々の目や耳が敵機の存在を捉えていることが度々でした。

「早く、早く」と母と妹達を隣組長さんの庭にある防空壕に送り入れると、おケイ小母さんが中から「お貞さんこっちよ」と母を呼びました。私は外にいて、今夜はこの辺がやられるのかなと変な予感がしていたので、そのまま夜空を見上げていました。

やがて、頭上でB29らしい機影と探照灯が交叉して、申し訳程度の高射砲の弾が、見当はずれのところでピカピカと光ります。と、間もなくでした。ゴウゴウという爆音がしてきました。大編隊です。

誰かが「落ちたら消すんだ。日頃の訓練の見せどころ」と付け元気みたいに怒鳴りました。日頃から、バケツリレーや火はたきの振り回し方などは学校や隣組でもやらされて、それはそれなりに訓練おさおさ怠りない女子挺身隊の心算でありました。でも、現実に、地獄の底から聞こえるようなB29の爆音を聞いて、不安になった私は、壕の中へ入って行きました。みんなひっそりと固まって無言でした。

母の声で「こっちよ」と手を引っ張られました。それが、母の手の最後のぬくもりになろうとは、夢にも思わないことでした。三歳の裕子は、母の背を唯一の安全地帯と心得てか、しっかりとしがみついていました。八歳の多佳子は、ギブスをした右手を三角巾で吊ったまま黙って座っていました。暗がりに認めた二人の妹の姿が見納めだったなんて、その時どうして考えられましょう。

私は、頭だけ壕から出して、探照灯の右往左往する空を眺めていました。それも十分と立たない内だったと思います。頭の真上を通ったと思った機影から、ああと声を上げる暇もない位の束の間でした。さああと赤い火が落ちてきて、バンバンと爆竹のような音と共に、防空壕の周りに焼夷弾が火を噴きましたと同時にあたりの家々の窓が明るくなりました。

「さあ、飛び出せ、消すんだ」と誰かの叫び声が耳に入って、不思議な妖しい美しさをもって火を吐く焼夷弾を一瞬ぼんやり眺めていた私は、はっとして夢中で自分の家に走り込みました。あの時、どうしてそんな行動をしたのか、今でも思い出せないのです。

あのまま直ぐに、母や妹の手を取って、私の逃げた道へ連れて行ったら、母や妹を死なせないで済んだかもしれません。或いは、母たちの逃げた道を私も共に辿って、一緒に火にまかれ今の私は存在しなかったかも知れません。後で考えると、私の逃げた道は、私の通った早稲田小学校で、火事の避難訓練の時、いつも通った道でした。母や妹達は、毎日の買い物に早稲田マーケットへ行く道を通っていたのでした。でも、これも後で近所の人から聞かされたのですが、母と妹が、その道の途中で立ち止まっていたのを見た人が声をかけたとき、「喜久子がはぐれたので」と答えたという人と、「おケイさんが荷物を取りに行ったので待っている」と聞いたという人がいたのです。このことは、今、七十年の歳月が過ぎても尚、痛烈に私の胸を刺すのです。そのどちらにしても、胸がつぶれるような心の傷を、今まであからさまに口に出したくありませんでした。

母や二人の妹、そしておケイ小母さんも含めて、焼死させてしまったのは、憎むべき米軍の日本市民に対する強烈な無差別殺戮に向けた意思であり、B29の焼夷弾であったのは、間違いないとは言いながら、別行動をとってしまった私を案じて母の逃げ足が何処かで鈍ってしまったのではないかと、考えるだけで恐ろしく、その想いは私の胸から一生消えることはないのです。そしてこの重い十字架は、私より他に担う者はないのです。

家へ駆け込んだ私は、用意のバケツを両手に、二階の部屋へ飛び込んで行きました。八畳間の押入れが燃えていました。バケツの水くらいではどうすることも出来ません。私の頭の中は、異常な事態に妙に冴《さ》えていました。

「もうどうにもならない。逃げよう。東京の最後の夜が来てしまったんだ」と思いながら物干し台へ出ました。見渡す限りの夜空は、ある所は赤々と染まり、あるところはほのかに、火の色を上げていました。直ぐ近くでは、早大教授服部博士邸の物置小屋が火を噴き始めていました。

とにかく、比較的火の色の遠い早稲田大学の方へ逃げて行こうと心に定めて、廊下にあった小さな皮のトランクと手提げと傘を一本、それと母の作ってくれたパンの入っている飯盒《はんごう》を下げて外へ出ました。玄関の側にあった防火用水の水を、何のためらいもなく頭からかぶりました。その時は、近くに人の気配はなかったように思います。風も加わった火風吹の中で、家も道具も妙にひっそりと静かに焼け崩れてゆくような気がしました。お隣の長崎抜天さん（NHKのトンチ教室にも出演していた漫画家）の家の玄関わきの六畳間の窓からも真赤な火が噴きだしてい

長崎抜天さん

ました。それを横目で見ながら私は走り出していたのです。

母校である早稲田小学校の前を駆け抜けて行くとき、先生らしい方が、「学校を助けるために協力してください」と逃げて行く何人かの人影にすがっていられたように思います。けれど、皆、振り切って逃げて行くのです。何かにおびえ、いいえ、火と煙の恐怖から「何処かへ逃げなくては」ということで一杯なのです。人間の本能が極限にさらされた夜だと、その時思いました。

そして、その時になって、ふいに、当然逃げていると思った母と妹たちのことが心配になり、その名を呼びながら、早稲田通りの広い道に出ました。逃げる、逃げる。皆ただ逃げて行くみたいでした。勿論その中の何人かは、家に踏みとどまって最後まで消火に努力したことでしょう。それで死んでしまった人。防火用水の水に漬かっていて助かった人。それぞれの運命が大きく分かれた夜だったのです。

自分の命だけでは足りない人が、大八車に山ほど荷物を積んで引いて行きます。夫婦が、親子が、手を取り合って、息を切らしてただ逃げるのです。親を求め、子を求めて、泣き叫ぶ人もいました。後で聞いたのですが、榎町のお釈迦様の裏に住んでいた同級生は、一家六人が防空壕の中で直撃弾を受けたらしく亡くなっていたそうです。同じく同級生の後藤さんも、山本さんも……と、仲良しだった同級生が数多く焼死されてしまった夜だったのです。

月は全く火焔に隠れ、火の巻き起こした風（火災旋風）が砂塵を巻き上げる。地獄だと、正に地獄なのだとその時思いました。戦乱の中国、わが軍の勝利と、日本の攻撃する様子をニュース映画で見ながら、敗れる側の悲しみ苦しみにも胸が痛んだものでしたが、今は、我が身がそれだと、その時思いました。

私は、倒れそうになる心と体に鞭打ちながら、母の名を呼び続けて走りました。逃げながら、防火用水の水を頭からかぶったのですが、いつの間にか乾いていました。「この水、飲めますよ」と何処かで差し出してくださった、柄杓の水を飲んだ覚えがあります。大勢の人々と共に、何処というあてもなく、命の危険から少しでも遠ざかろうとして、走り続けたような気がします。早稲田大学の前を通ったのは記憶にあるのですが、それから暫くして、Ｂ29の爆音が聞こえてこないこと、そして周りに人影が少なくなったのに気が付きました。

振り返ると、火は遠い空になっていて、代わりに私の行く手に炎々と燃える火を見ました。高田馬場駅方面の火でした。思わず立ち留まった道端に、若い女の人とおばあちゃんがうずくまっていました。

「ここは、何処ですか」と私は尋ねました。

「学習院の裏手ですよ」と確か聞いたような気がするのですが、今は思い出せないのです。

「貴女は一人？　何処から来たの？」と尋ねられるままに、今までのことを話しました。

「お母さんたちも、きっと何処かに避難していらっしゃるから大丈夫よ。私の家はすぐそこなの。間もなく空襲解除になるでしょうから、朝まで休んでいらっしゃい」

優しく言われて、身も心もくたくたに疲れ切っていた私は、言われるままに、その人の側に腰を下ろしました。少し先に見える火の手は、だんだん静まりつつあるようでした。しかし、東西南北のどの空も上空は真赤です。炎の悪魔が駆け回っているような空でした。あの夜の赤い色を、生涯忘れることはないと思います。

やがて空襲警報解除のサイレンが鳴りました。何か弱々しく申し訳なさそうなサイレンの音と思いましたが、ひとまずホッとしました。私は、生きていたのです。私は、生きているし、この町の一角も残っています。だが戦いはまだ終わらないし、空襲も終わらない事でしょう。そして、又、明日の晩も、東京の空は、赤い火に染められるのでしょうか。後日発表された数字に依れば、東京は終戦までに延べ一〇二回の爆撃を受けたということです。私は身震いがしました。

早稲田大学で教練の教官をしていて、「学生ばかり学徒出陣させて、自分が内地に居ては、生徒に対して申し訳ない」と、志願で出征した父は、内地の私たち家族が、火の中を逃げ回っているのを知っているのでしょうか。父もまた、広い中国の何処かで戦火の中をさまよっているのではないでしょうか。情けなくて悲しくて、涙を流しておりました。

朝まで休んでいらっしゃいと誘われて、ついて行ったそのお姉さんの家で、親切にお布団を出して敷いていただきました。すごく疲れている筈なのに、どうしても眠れませんでした。母はどうしているのだろう。妹たちは元気でいるかしら。私のことをどんなにか心配していることだろう……と、いっぺんに痩せるほどに思って、考えて、空が明るみかけると直ぐに、心から御礼を申し上げてその家を出ました。途中で会うどの人も、生命を脅かされた恐怖の一夜を過ごして、蒼い顔をし、乱れた姿をしていました。これでも、まだ戦争は続くのでしょうか。

後から知ったことなのですが、当時の軍の幹部たちは既に、戦争をこれ以上続けることの難しさを認識していたようです。しかし、国体の維持を条件から外すことは考えられませんでした。ところが、アメリ

右：父・芳男　左：母　父が出征する前に写した最後の姿

カ合衆国では、それを承知で、日本向けの声明に盛り込むことになっていた天皇陛下の立場の維持を声明から外すことにしたのです。恐ろしい目的のために。彼らは、日本人に対して原子爆弾を使用するために、日本の降伏が遅れるよう細工をすることを決めたのです。当時の火の中で逃げまどっていた私たちは、そのような恐ろしいことを知る由もありませんでした。

母や妹の姿を求めながら、何処をどう通ったのか覚えていませんが、馬場下の八幡様の処まで戻ってきました。境内の木がくすぶっていました。直ぐ側にある防火用水の中から男の人の顔だけが出ていたけれど、それはもう生ある人の姿ではありませんでした。焼けただれた女の人が担架に乗せられて、呻《うめ》きながら通って行きました。焼けて破れた着物、白い繃帯《ほうたい》に包まれた人々が目に入ります。

何だか自分の頭の中が空虚になってゆくような気がしました。早く母に会いたい。母の胸に抱いてもらいたい。母は、何処で待っていてくれるのでしょうか。

暫く歩くと、牛込の方も交通遮断が解かれたと話をしているのが耳に入りました。私は、もう夢中で駈けて行きました。

十六年間住み慣れた町は、痛ましい残骸でしかありませんでした。一望の灰燼《かいじん》が展いて、未だ地面は熱く焼けていました。そして、早稲田通りの広い道路には、幾多もの焼死体が転がっていたのです。申し訳程度にかけられた焼けトタンの下から見える手や足、むき出しになった胸の乳房で女の人と分かる死体、それがみんな泥人形のように真黒なのです。両腕を空に差しのべたままの、さながらミイラ地獄だと思いました。焼けて炭素にかえった形だけの人間、それが昨夜まで、少なくとも数時間前までは、温かい血が通っていて、笑ったり泣いたり、話したに違いない人々の姿と、どうして思うことができましょう。恐ろしさと無常観と、激しい衝撃に、私は足ががくがく震えて、やっと歩いたのです。

男の人に手を引かれて「こわい」とキャアキャア言いながら通る女の人を見たときは、激しい怒りを覚えました。今は丸太のように転がっているこの方たちも、何方かの家の大事な一人に違いないのにと思いました。恐ろしいとか、こわいとかを通り越して、深い湖の底に魂が沈んでしまった様な気持ちになって、掌を合わせながら、その通りを歩いたのです。

房総半島と駿河湾方面から侵入した二百五十機のB29により、その夜宮城も被弾しました。死者三十余名。靖国神社社務所、東京駅、帝国ホテル、陸海軍省、新橋演舞場、読売新聞社、大手町中央郵便局などの建物が焼失したとのことです。

後日の記録によれば、東京各地で繰り返し行われた、この野蛮なホロコーストは、主にB29によって絨《じゅう》毯《たん》爆撃が行われ、東京での焼失家屋は八十五万一千戸、何ら戦争にかかわりのない老若男女、十万五千四百七人余りが、非業の死を遂げたとのことです。

米軍による対日無差別空襲の特徴は、大型、小型爆弾などの爆弾と合わせて焼夷弾を投下したことです。使用されたナパーム焼夷弾M69が開発されたのは一九四三年のことで、同年、住宅密集地域に焼夷弾を投下して火災を起こさせ、住宅と工場も同時に焼き尽くすのが最適の爆撃方法とされたとのことです。

しかし、戦闘機や爆撃機、軍艦などの強力な兵器の生産には、最終工程に大規模な工場や造船所が待ち受けており、それらは巨大な標的であるがゆえに、高高度からの水平爆撃でも、十分、爆弾を命中、破壊することは容易でした。さらに、それらの大規模施設の再建が最も困難であること、生産工程は直列系であり、直列系の何処か（最終工程でも勿論よい）が破壊されてしまえば全て無効化されてしまうことを考えれば、これらの攻撃が実際には、大日本帝国の軍事生産力に打撃を与えるという、アメリカ合衆国にとって十分正当性のあるもっともらしい目的のために行われたものではなく、「日本人を大量に殺戮し、抗戦意欲を削ぐ」という目的に特化されたものであり、一般人の殺戮に主眼が置かれた、何の正当性もないホロコーストであったことは明らかであるのです。

残念ながら、ドイツとアメリカのホロコーストの差は、それが、毒ガスによって強制収容所で行われたか、それとも、空からのナパーム焼夷弾の投下によって、生きたまま焼き殺すという手段で行われたかという差でしかないのです。

町は一面の焼け野原、歩いて行く地面は、まだ熱く思われました。私の家も焼けてしまったことでしょう。でも、みんな同じなのだから、諦めよう。そう、お母さんたちさえいたら良い。母と二人の妹の笑顔を見たら、昨夜来の悪夢はみんな拭うことができる、と思いました。

早稲田南町十六番地、やっと戻ってきた私たちの家は、矢張り柱一本残っていませんでした。一握りの灰になってしまったのです。焼けたお皿が散らばっているのみでした。そして母の姿もなく、妹の姿も見えませんでした。

「やあ、喜久子ちゃんか。無事だったかい」

と声をかけられ振り向くと、お隣の長崎抜天さんだったのです。

「あら、小父さん。お母さん見なかった？」

「あれ、一緒ぢゃなかったの。さっき、山口さん（おケイ小母さんの知り合いで、少しの間、同じ家に下宿していらした明治大学の学生さん）が、みんなを探していたよ。うちの小母さんは、若松町の成城中学校へ避難しているよ。きっとお母さんたちも行っているだろうから、早く行ってごらん」

「はい。ぢゃあ、お先に」

と駈け出しました。柳町に出て、若松町まで一走り、学校の門を入って行くと、頭の上から、

「喜久子ちゃん」

と呼ぶ声がしました。ふり仰ぐと二階の窓から、長崎さんの小母さんが顔を出し、手を振っていました。

急いで駈けあがって行くと、

「お母さんたちどうしたの？」

と先に聞かれてしまいました。私の方こそ尋ねたかったのに。

廃屋みたいな校舎の廊下に、被災者があふれていて、皆何となく、すすぶれて無言でいるのでした。私の胸は、不安で早鐘をつく様でした。どうしたんだろう。お母さんは、若しも怪我でもして何処かの病院で苦しんでいるのなら、早く行ってあげなくちゃ。私は、ただうろうろするばかりでした。

優しく声をかけてくれる長崎さんの小母さんからも、わざと離れて窓の外を見ていました。それは、小母さんの手に提げられている箱の中にいるお猿のモンちゃんが憎らしかったからなのです。子供の頃から仲良しで遊んでいたモンちゃんだけれど、お猿さんが助かっていて、母や妹が消息不明なんて許せない

ような気持ちだったのです。御免ね。モンちゃん。モンちゃんだって生きているもの。小母さんにとっては、子供同様だったんですものね。モンちゃんはそれからも長く生き続けて、抜天さんからの年賀状に毎年名前を連ねていました。

そんな中、お昼になって、乾パンが配給され、町内の小父さんが、母や妹の分も配って下さいました。それを持ったまま、もう一度焼け跡へ走って行ったりしました。その間にも、顔見知りの誰彼が、次々と元気な姿で現れるのです。しかし、母や妹達だけがまだ見えないのです。待ち疲れて、ただぼんやりと窓にもたれて、迫りくる恐ろしい不安と戦っていました。

その内、私たちの避難所は、焼けて外枠ばかりになった別の小学校に移されました。夕日が西に落ちかけていました。この日の夕日の赤さは昨夜の炎の色と重なって、何と悲しかったことか。大声で泣き出したいのを必死に堪えて、母を待ち続ける私の前に山口登兄さんが現れたのでした。

山口登さん

3. 母と妹たちの死

「喜久子ちゃん。此処にいたの。無事で良かった。本当に良かったね」

と、山口さんは云って下さった。

でも、直ぐに、沈痛な声で、

「喜久子ちゃん。落ち着いて聞くんだよ。僕は、良い知らせを持って来なかった」

と云い出された。ハッと顔色の変わった私の顔から目をそらすようにして、

「お母さん達、駄目だったんだよ」

と一息に云われたのです。近くにいた小母さんたちが「ああ」とか「まあ」とか声を上げられたようだったけれど、私は山口さんの顔をにらみつけたまま、暫くは、何の思いも浮かんで来なかったのです。深い穴の底に落ち込んだように、顔が蒼白になったまま、立ち尽くしていたのです。

「僕は、進さん（おケイ小母さんの甥）と出会って、それから散々みんなを探したんだよ。早稲田通りの公衆便所のある少し手前のところで、霞（霞おケイ）さんの小母さんと、喜久子ちゃんのお母さんと二人の妹さんと四人で倒れていたんだよ」

と言われました。

「ああっ、お母さん！　多佳子、裕子！」

私は、声を上げて泣き崩れてしまいました。いつまでも、誰の存在も無視して号泣しました。同級生だった奥村さんが通りかかって一緒に泣いて下さったのです。山口さんは、私の肩を抱えるようにして、「駄目だよ。喜久子ちゃん。泣くんじゃない。泣いても、お母さんたちは帰ってこないよ。さあ、しっかりして」と一生懸命に慰めて下さったけれど、私には、泣き続ける以外、何もできませんでした。泣き疲れた私は、虚脱したようになって、それから少しの時間、何を考え、何をしたかを覚えていません。薄暗くなりかけ、でも妙に西の空が不気味に赤い夕焼けの街を、山口さんとその友人が、私の小さなトランクを持って下さって、長崎抜天さん御夫婦とモンちゃん、五人と一匹が、牛込公園の裏手で焼け残った山口さんのアパートまで行きました。その夜は、山口さんの部屋で寝ることになりました。

みんな昨夜からの疲れで、ぐっすり眠ってしまいました。でも、私は、目も心も冴えてしまって、ただ胸が苦しく、もう涙も出ません。たった一夜の運命が、こんなに過酷なものとは、どうしても信じられなかったのです。

今にも母が「喜久子」と顔を出してくれそうな気がする。「お姉ちゃん」と二人の妹がまつわりついてくるような気がするのでした。切なくて胸が苦しく死にそうだった一夜、電気はつかないままだったけれど、月の光が窓に青く悲しかった。

長い苦痛の一夜が明けました。朝になって、同じアパートの別の部屋が空いているとかで、抜天さん達はそちらへ移り、疎開先の神奈川県逗子市桜山へ帰るから、キクちゃんも一緒に行かないかと親切に言って下さいました。

子供のいない小父さん小母さんは、何時も私たち兄弟姉妹を可愛がってくださって、私は、良く泊まりに行っていました。小父さんが漫画を描くのを見て育ったような間柄でした。

誘って下さって嬉しくても、私はついて行くわけには行きません。土浦にいる三人の弟妹と学童疎開先にいる弟をそのままにしてはおけないからです。でも、小母さんは、

「あなたは私の子供みたいなものなのに」

と少し不満らしく云われました。

山口さんが部屋で香を焚いて下さいました。紫の煙が薄く上がって、香のにおいが部屋に満ちました。配給された鮭の水煮の缶詰を開けて、山口さんとそのお友達が食事の用意をして下さったけれど、何も欲しくありませんでした。

ぼんやり座っているうちに、二十七日の朝、おケイ小母さんの親類の方たちが来られて、今日にも遺体の整理をして、引き取られるという話を聞きました。母の実家の近くの方なので、母の実家にも通知をして下さったということです。でも、まだ誰も来てくれません。私は、どうしてよいかわからなかったのです。

山口さんが、

「僕がついて行くから、お母さんたちに名札を付けて来ようね。親類の人が来るのを待っていて分からなくなってしまうと大変だから」

と言われました。私は、なぜかトランクに入っていた、父の教え子で神戸の方から頂いた真っ白で大きい

テーブルクロスを切って、それに三人の名前を書いてアパートを出ました。

ともすれば倒れそうになる私を、山口さんとお友達の安井さんが支えて下さいました。道路の隅に七、八人の遺体が集められてあるのです。大事な大事な私の母と妹が命失せし、泥人形のようになって焼けたトタンをかけられて地面に転がされているなんて、うそ！　うそ！　本当のことには思われませんでした。戦地にいる家族想いの父が知ったなら、一体何と言うのでしょう。これが敵の意思なのだと、そう思いました。きっと、私たちを皆殺しにするまで続けるのだと思いました。

悪夢は消えないのでしょうか。私が気を失いかけて体を震わせているものだから、山口さんは、

「喜久子ちゃんは、ここで待っていなさい。僕が形見を取ってあげるから、見ないほうがいいよ。一生辛いから。小さい君にはあまりにむごすぎるよ」

と言われたのです。

その時通りかかった親子連れの方が、

「これでお花でも供えて下さい」

と言われて、私の手に拾円札を渡されました。お名前も伺わずにしまって、でも、今でも忘れません。心の中でお礼を申しております。

山口さんは、母たちの遺骸に名札を付け、形見を取って下さいました。

「さあ、これだよ。しっかり持って」

と渡された小さい白布の包、焦げた母のモンペの切れ端、二人の妹達の赤い着物の切れ端、どれも、確か

に見覚えのある柄でした。そして、三人の焼け縮れた一抹の髪の毛だったのです。可哀想に、どんなにつらく苦しかったことでしょう。

三歳の裕子は母に背負われてきたはずなのに、火と煙に追われて背中から下ろし、八歳の多佳子と二人をしっかり胸に抱いて死んでいたという母、その傍におケイ小母さんも寄り添って焼死されていたという。母にしがみついて、幼い妹達はどんなに泣きながら死んでいったことでしょうか。

機銃掃射で受けた傷も癒えぬまま焼け死んでしまった多佳子、豆腐のおからで作るお饅頭《まんじゅう》をごちそうと思い、チョコレートの味も知らぬままこの世から消えて行かなければならなかった裕子、そして、そんな幼い子供を救ってやれず、ともに死んで行かねばならなかった母の無念さ。きっと征野にある夫の名を呼んだことでしょう。そしてまた、土浦にいる三人の子供のこと、学童疎開先にいる子供のこと、何処かで独り死んだかもしれない私のことを思って、死んでも死にきれない思いで昇天したであろう母を考える時、七十年たった今になっても切なさは年々鮮やかに蘇って、消えることはありません。

その夜、停電の部屋からそっと外に抜け出した私を心配して、山口さんも外へ出て来られました。青い月の光の中で、焼け残った家は、灯火管制の中でひっそりと静まりかえっていました。ゆっくりと町を巡りながら、山口さんは励まして下さるのでした。

「生まれてきた人間に苦しみは必ずついているんだよ。それの克服の仕方、苦しみに対する考え方、それによって人間の価値が決められてくるんだ。これから辛いだろう。世間の荒波にも叩かれ、揉まれて行かねばならない。優しいことではない。でも、喜久子ちゃんが泣いてばかりいられないことを悟って強く生きようとするとき、お母さんは貴女の胸の中に蘇ってくるんだよ。知らせが行ってもまだ誰も来ないから、喜久子ちゃんには、頼れる親戚がないようだね。そんな田舎へ君を帰すのが心配だ。よかったら僕の実家へ行かないか。京都にいる僕の母ならきっと喜久子ちゃんの面倒をよく見てくれると思うから」と親身になって云って下さったのです。本当は、それができるのならどんなに嬉しいことか。でも、私には、弟妹が待っているので……と胸の中で呟いていました。

その翌日、つまり五月二十八日、山口さんに連れられて、若松町にある早稲田警察署（現牛込署）に行って、母や妹の死亡届を出しました。

母　貞　　四十一歳
多佳子　八　歳
裕　子　三　歳
昭和二十年　五月二十六日　午前一時　牛込区早稲田町五十番地に於いて焼死する。

その日の午後、また山口さんに連れられて、戦災者の仮墓地になっている池袋を訪ねました。焼けた野原の一角だったような気がするのですが、青衣を着た人が埋葬作業をしているところでした。母や妹達のことを尋ねると、

「ほら、そこだよ。可哀想に。とっても可愛い子供たちだなあ。三人並べてあるよ」

と指されたところは、盛られたばかりの土の香が悲しく胸をついてくるばかりで、可愛かった二人の笑顔はもう永遠に呼び戻すすべもないのです。

粗末な木札に母の所在を確かめれば、二人より少し離れたところにありました。どうして三人を並べてくれなかったのかと恨めしく思いながらも、どうしようもありません。供える花もありません。名もない雑草の花を手折って三人の前に供えました。苦しかったことでしょう。辛かったことでしょうね。悲しかったことでしょうね。寂寞《せきばく》とした草原の真ん中に、池袋戦災共同墓地という一本の墓標とともに埋められてしまった母と二人の妹よ。御免ね。私にはもう何もしてあげられない。

夕焼けの空が、この日も非情に赤く、戦争の無情さとともに胸が張り裂けんばかりでした。悲しみと怒りを誰に伝えたらよいのだろう。ただ、黙って山口さんの後を歩いているだけの私でした。

二十九日には、教員の資格欲しさに通っていた学校に退学手続きをしに行きました。学校は焼け残っていました。この校庭では、何回も防火訓練をやりました。バケツリレーはみんな上手でした。教練をやったり、剣道もやりました。それが正科だったのです。でも、一杯の水を運ばなくとも焼夷弾が落ちなければ助かるし、落とされれば、バケツリレーでは火は消せないのです。

先生方もまた、多くは罹災者でした。三月十二日には、若い男女二人の先生が、浅草方面で亡くなられました。女学校二年の担任だった先生は、五月二十四日の空襲で渋谷区におられ、火の中を逃げ回り、火塵でしばらく目が見えなくなられたと伺いました。教員室に居られた先生方より慰められ、そして励まされ、また、母たちへの香料を頂きました。

抜天さんたち御夫婦も逗子へ向かわれ、一人頼りにしていた山口さんも、京都の実家に早急な用ができ、友人の安井さんに私を頼まれて行ってしまわれました。

三十日になって、やっと土浦にいる野尻の叔父さんと長妹の千恵子が上京してくれました。切符を手に入れるのも大変だし、何よりも、連日のごとく空襲のある東京へ出てくるのは必死のことだったのでしょう。防空頭巾と水筒を肩にしていました。十四歳の妹の千恵子は赤い目をしていましたが、もう泣き疲れたのかぼんやりしていて、それが私には、とても哀れでなりませんでした。二人は、私が案内した池袋の仮墓地で手を合わせると、直ぐに帰って行ってしまいました。

当時の東京は焦土となっていて、田舎の人には地獄のように思えたに違いありません。あの時、しっかりした親類があったら、一人ひとりの遺体が確認できているうちに、土浦へ連れて帰れたのにと思いますが、その後何年か過ぎて調べたときには、東京都戦災記念堂に合葬されていて、分骨の時期も失ってしまいました。しかし、母と二人の妹の名は記録されていますので、春秋の法要は大勢の方々と共に行って頂いているものと心を慰めておりました。

叔父と妹が帰った後、隣組の方が防空壕の中に母が置き忘れてあった手提げ袋を届けて下さいました。中には学童疎開先の弟が書いた便りが入っていました。それには、疎開先の栃木県の富屋小学校では、もやしょい（もっこで薪を拾って担いでくること）ばかりさせられてとても辛いから、早く呼び戻して欲しいと書いてありました。十歳になる次弟の泰正は、まだ、母の死を知らずに母の便りを待っていることでしょう。私は、泣いてばかりいられないのです。小さい弟や妹の許に行ってやらねばならないのです。

三十一日は、大手町の中央電話局へ行って、挺身隊除隊の手続きを済ませ、午後の汽車で東京を離れました。山口さんの友人の安井さんに上野駅まで送って頂いて、超満員の汽車に詰め込まれて、土浦に――新たな苦難の待っている土浦へ向かったのです。

4. 弟妹の待つ地土浦へ

六歳の末弟俊英、十二歳の長弟昌弘、十四歳の長妹千恵子、それに、七十歳を過ぎている祖母の待っている土浦で、私たちの生活が始まりました。

今までは、母の大きな愛の翼の下で、本当の意味での世間の波風には当たったことのない私たちにとって、余りにも惨めな生活の始まりでした。十六歳の私を頭にして何の力もない五人の集まりに、一体どんな生活ができたでしょうか。東京で頂いてきた百円余りが全財産でした。東京にいたころは、留守宅渡しの送金があったのに、焼けて転出してから、その手続きの方法さえ知らず、知らないことことばかりだったのです。

父は、仙台師団東部二十二部隊に入隊となり、昭和十九年四月末に外地へ出発、南支派遣第七九三四部隊所属で、本来であれば、毎月百十円十三銭が頂けるはずだったのですが、それをどこにどうして連絡したらよいかわからなかったのです。征野の父は中国にいるはずながら、全くの音信不通。心細い明け暮れに頼りになる親戚はなかったのです。勿論、親戚が全くなかったわけではないのですが、あの戦時中の食糧難の時代に、うっかりしたら五人の子供と一人の年寄りと六人の世話をしなくてはならなかったのですから、誰も手助けをできなかったわけです。

たった一人の相談相手のはずの祖母は、冷たい人でした。今になって思えば、警察勤めの夫を見送ってからは、一人静かに余生を送っており、毎日廊下や柱をおからで磨き上げていたきれい好きな人だったのに、親のない子供ばかりが入り込んできたので、これは大変なことになったという考えで一杯になってしまったのだと、気の毒なことをしたと思います。しかし、その時は――。

小さな弟たちがバタバタと暴れるので、うるさいからと叱られ、家を汚すからと言っては叱られました。少ない配給の食料の中から、自分は年を取っているから、自分の分だけは麦もお芋も入れないご飯を炊けと言って、一人で食事をするような人でした。私たちは、お米と同量ぐらいに麦やお芋を入れたごはん、そして時には、お芋だけの食事でした。私と妹はそれで我慢できるのでしたが、育ち盛りの小さい弟たちは、祖母の食事を横目で見ながら、だんだんひねくれていくのでした。

東京から持ち帰ったお金が、一体いつまで私たちの米櫃《こめびつ》を支えてくれるのでしょうか。祖母は自分の老後に困るからと言って、一円も出してはくれなかったのです。妹と弟を学校に通わせて、私は、掃除や洗濯、食事の支度をしながら、一日ごとに消えていく十円札を数えて眠れなくなってしまうのでした。母さえいてくれれば。「あぁ、お母さん」と心の中で悲鳴を上げながら、幾夜泣き明かしたことか。

意を決した私は、少しばかり先に疎開していた母の着物を包んで親類に持っていき、わずかのお米に変えました。これを竹の子生活っていうんです。近くの農家を訪ねては、恐る恐る差し出した衣類と交換に分けてもらったお芋や野菜をリュックで背負って、小さい肩に紐を食い込ませながら、必死に歩きました。そんな自分自身の姿が情けなくみじめで、野道を歩きながら、ぽろぽろと泣いたものでした。それでも、小さい弟たちに少しでもひもじい思いをさせたくない、と頑張っていたのですが――。

あの空襲の夜に、母と一緒に死んでしまっていたら、こんな悲しい思いをせずに済んだのに、と枕を濡らす夜が続きました。戦地の父は生死不明のまま、日本の国土は次々と焼かれていくではありませんか。生きていく希望は何一つないような気がしました。でも、今私が負けてしまったら、小さい弟妹はどうするのでしょう。焼けて死なねばならなかった火と煙の中で、母はきっと、残していく子供たちを思って断腸の思いであったことでしょう。その母に代わって、あの時生き残った私は、弟妹を守り育てて行く使命が与えられていると思い、それがわずかな心の支えであったのでした。

当時の政府、あるいは軍には、自暴自棄のように、竹やりを持っても最後まで戦うという掛け声がありました。悲壮な気持ちでわが心を支えながら、しかし、わが心の底では、日本の勝利も神風も疑っている自分自身に慌てて、表面上信じているように我が身に思い込ませなくては等と、やりきれない気持ちでした。そうしなくては、母や妹達の死が何のためだか分からなくなるではありませんか。広島や長崎で悪魔というべき原子爆弾の犠牲となられた何万何千人の方々の死は、どう受け止めたらよいのでしょうか。本土決戦などと本気で考えていたなんて、ばかばかしくてとても信じられないと思います。

しかし、八月十五日、日本は白旗を上げてしまったのです。

朝から一体どのようなご詔勅《しょうちょく》が下るのかと、日本中の国民の関心が正午に集結されたのです。そして、広島、長崎の原爆の悲惨な報道を知っていた私たちは、陛下と共に死んでくださいというようなお言葉があるのではないかと密かに思ったりもしました。

正午近く、放送が始まる頃になると、通りすがりの予科練の方が三人、玄関に入ってこられたり、お二階の小母さんや近所の方が集まってきたりしました。生まれて初めて聞く、天皇陛下の女性的な少し震えを帯びられたお声が、少々雑音の混じったラジオから流れ、終戦が告げられたのでした。

予科練の方が男泣きに拳を震わせていました。みんな泣きました。言葉もなく泣いた一時でした。おそらく日本中の人々が、思いはそれぞれに泣いたのではないでしょうか。私も泣きました。私は、ただ、母や妹が可哀想でたまらず泣いたのです。勝利を得たのなら、戦災死は少しは慰めようもあったかもしれませんが、これでは、胸の悲しみの塊のやり場がなくなってしまったようなものです。

その時、十六歳の私は、日本の敗戦をそのように受け止めていたのでした。戦地にいる父は、敗戦をどのように迎えているのでしょうか。日本男子は生きて虜囚《りょしゅう》の辱《はずかし》めを受けるなと戦陣訓にあるのだから、陛下の赤子としての誇りで生きてきたような父や、何千何万人の軍人たちは、この敗戦をどのように受け止め、どのように心の整理をしているのでしょうか。その夜はいつまでも眠れませんでした。

十月になるともう学童の集団疎開の意味はなくなり、解散になるため、次弟の泰正を引き取りに来るように通知がありました。勿論、忘れていたわけではなく、なかなかそのゆとりがなかったと言ったらよいのでしょうか。宇都宮から何キロも歩いて、栃木県富屋村の山中の寺院のお堂で暮らしている、早稲田国民学校（小学校）の疎開先にいる弟を迎えに行ったのです。

「勉強しないときは、もやしょいです。重いもやしょいでおなかがペコペコです。早く迎えに来てください」

と手紙に書いて来ていたのに、なかなか迎えに行かれずにいたのです。もう、ほとんどの疎開学童は、それぞれの親元に引き取られていったというのに、遅くなってごめんね。

疎開児童の中で、親を亡くしたのは、弟一人だったと聞きました。連れて戻るとき、バスがなくて、山の中を何時間も歩いたのですが、弟は帰るのが嬉しくてピョンピョンと跳ねるように私の後をついてきました。だれも通らないような山道で、妙な復員兵とおぼしき男に声をかけられ、弟と二人で一目散に逃げたりしましたが、やっと土浦に戻ってきました。

しかし、それで男の子は三人になって、我が家の食糧難は益々厳しくなりました。泰正は、弟二人を連れて田中の田んぼに行き、ザリガニを大きいバケツ一杯取ってきてくれました。これは、茹でて随分と栄養補給の足しになりました。こんな生活の中で中学校（現土浦一高）に通わせていたはずの長弟は、毎日学校へ行くふりをして、桜川の堤でお弁当を食べて、そのまま帰宅していたのです。弟のノートを調べて何の記入もないのに驚いて問い詰めると、

「学校の友達が焼け出されの疎開者と云ってバカにするんだ。それに芋ばかりの弁当で、勉強なんてできるものか。もう、学校は行かないよ」

と云うのです。

そんな弟をなだめすかして、同じ学校に通っていたいとこに頼んで、朝迎えに来てもらって、学校に行

かせました。しかし、もう次の日は登校拒否でした。そんな繰り返しの後、とうとう退学してしまいました。することがなく、体を持て余し始めた弟は、毎日祖母と口論を始めました。

「お前ばかり飯食って、鬼ババア」

と怒鳴るのです。

「こんな子供は、おいておけないから追い出せ。みんな出て行け」

と祖母は怒るのでした。

「貧しいながら士族の出だよ」

と母からプライドを持てと育てられて来た私には、堪え難い言葉を毎日耳にしなければならなかったのですが、一体、どこに行くあてがありましょう。そんな祖母を懸命になだめて一日が暮れ、暴れ疲れ、喧嘩疲れで、弟たちが眠ってしまうとほっとする私でした。

あの空襲の夜に、母と一緒に死んでしまっていたら、こんな辛い思いや悲しい思いをせずに済んだのにと枕を濡らす夜が続きました。

逼迫《ひっぱく》した私の財布は、台所を益々苦しくしました。男の子が三人になって、喧嘩の回数も増し、祖母の叱声は日ごと夜ごと私に浴びせられることになりました。そればかりではありません。十二歳になる長弟の食に対する不満は、精神的な飢餓感も加わって、今や頂点に達したのです。一回の食事を分けると間もなく、

「おなかが空くから、もっとくれ」

と云うのですが、それに応じられないでいると、祖母の分のお櫃《ひつ》を抱えて逃げ出すのです。

「早く捕まえてこい。私の食べる分がなくなるじゃないか」

と祖母は騒ぎます。全く情けなくて涙も出ません。飢餓地獄とでもいうのでしょうか。お櫃を空にして弟は帰ってくるのでした。でも、家の中で騒いでいるうちはまだよかったのです。

ある夜、私がふっと目覚めると裏庭で何か音がして、覗いてみれば、長弟の昌弘が釜場で火を燃やしているのでした。びっくりして出て行くと、家にはなかったはずのトウモロコシを茹でていたのです。ハッと私は、息を飲みました。夢中で問い詰めると近所の菜園から盗って来たのだというのです。蒼くなってしかる私に、

「腹が減って寝ていられないから、仕方がないよ」

とふてぶてしく云うのでした。ああ、こんな弟ではなかったのに。私は、泣くにも泣けない気持ちでした。

その内、だんだんと近所の方から苦情を持ち込まれるようになりました。こんな恥辱がまたとあるでしょうか。憎い弟よ。他のことなら、我慢のしようもあるけれど、こんな恥ずかしい思いをさせるなんて！　自分の食料を減らしてまで、弟に分け与え、苦しい毎日をただ、弟たちの為に生きて行こうとしている気持ちを少しもわかってくれないのです。私は、弟を捕まえて、縄で縛り、泣いて謝るのに耳を貸さずに、物置に入れてしまいました。ほかの小さい弟たちはびっくりして私を見ていました。祖母は、

「懲らしめに丁度良い。悪いとわかるまで、何もやらない方がよい」

と云いました。しかしだんだん、夜になると、そんな弟が哀れでたまらなくなってしまうのです。戦争さえなかったら、あの優しい母がいたら、こんな弟にならなかったのに、とそんな気持ちに負けて、私は、こっそりと物置に入って行き、食べ物を与えてしまったのです。

「お姉さんには、よいから。おばあさんにはちゃんと謝りなさい。もう、悪いことは決してしませんって言いなさいね」

と諭せば、弟も涙をこぼしながら謝るので、祖母へは、私から詫びを入れて寝かせたのでした。それなのに、その翌日もまた、カボチャを取って来たのでした。

「お宅の弟さんが盗って行きましたよ」

と、情け容赦なく近所の人に叱られるのでした。私は、なんと挨拶をしたらよいのでしょうか。

井戸端で夕食の支度をしている私に、弟が、

「なんだ、またサツマイモの葉っぱか。もっと何か食わせろ」

という声を聞くと同時に、手にしていた包丁が弟めがけて投げられていたのでした。

「わぁ」

という弟の悲鳴で気が付いたくらい、自分でも夢中で投げつけていたのでした。傷は大したことはなかったのですが、弟の悲鳴の大きさに驚いて駆けつけて来られた近所の人と一緒に、すぐお隣だった土浦保健所へ抱えて行きました。額に二センチぐらいの傷ができていて、血がポトポトと落ちました。気の弱い弟は、もう死にそうに泣き喚きます。手早く手当てを受け、白い繃帯を巻いて下さって、我が家の事情を

知っておられたのか、先生は何も聞かず、

「すぐ、治りますから。心配ないよ」

と、当の弟より蒼い顔をしていた私を安心させて下さいました。

それで、四、五日は大人しくしていたような気がしますが、懲りてくれるような弟ではありませんでした。暗くて辛い毎日の明け暮れが続きました。

ある日、

「お芋の配給ですよ」

と声をかけられて、お金を出すために箪笥《たんす》の引き出しを開けた私は、びっくりしてしまいました。ないのです。大事にしまっておいた、六十円のお金が無くなっていたのです。また、あの弟だったのです。弟が持ち出して買い食いに使ってしまったのです。どうしよう。配給のお芋さえ買えなくなってしまったのです。祖母に頼んでみてもそれは、無駄でした。もう、明日の食料を用意することも出来なくなったのです。

泣いてしまった私に、配給を一緒に取りに行こうと誘いに来て下さった、お隣の一色五郎（著名な彫刻家）さんの奥さんが、事情を知って五円分のお金を下さいました。どんなに有難く、嬉しかったことか。ただでお金を頂いては、プライドが許さない私の気持ちをわかって下さって、着物のほどきものの仕事を下さいました。当時は五円でサツマイモを一俵買うことができたのです。それで、暫くは食いつなぐことができます。

私の家の事情を何処からか聞いたある方が、私に芸者にならないかと誘いに来ました。

「お父さんが帰ってくるまで、弟妹の為に自分を犠牲にして働くことは立派なことだよ。昔の女はだれでも、親の為に身売りするのが当たり前だったからね」

と祖母は機嫌が良くなりました。昔は、そうだったかもしれない。しかし、自分を卑しめて生きることが立派な行為といえるのでしょうか。少なくとも、母が喜ぶはずはありません。私は、きっぱり断ったのです。その代わりに、

「出て行け」

という祖母の言葉を聞き流しにしているのにも行き詰まりを感じました。私は、眠れずに、

「どうしたら良いの。お母さん、教えてよ」

と夜ごと亡き母に呼びかけて泣き明かしました。一人で家を出て行くのは簡単です。しかし、どんなに困らせる弟たちであっても、こんな冷たい祖母のもとに捨てて行くことはできません。それでは、死んだ母に申し訳がたたないことになります。

丁度そのころ、北海道札幌市北十二条東三丁目にあるカトリック教会経営の天使病院というのがあって、そこで働いている堀田ふみ子さんという方から、

「こちらへ来て、看護婦の勉強をしてみませんか」

というお手紙を頂いていたのです。堀田さんという方は、牛込のある大きいお屋敷でお手伝いをしていたとき、亡き母と知り合って、母が何か親切にしてあげた方で、郷里が北海道の留萌の方でした。それで、

いつも私に励ましのお手紙を下さっていたのです。

私は、ふっと本当に北海道に行ってみようかと考えたのです。そして、その考えは一日ごとに強く固まって行きました。戦地、いいえ敗戦になったのだから、外地にいる父だって、どうなっているか、いつ帰ってくるかさえ分かりません。このままでは、私たちの生活は、息詰まるばかりです。この先、長い間、小さい弟妹を育てていかなければならないのに、私には何の力も技もないのです。弟妹達に一時寂しい思いをさせても、私が自立できる人間にならなくては、何もしてやれないのです。弟たちを、何とか親類の人に頼んで置いて行くしか方法がありません。

私は、北海道に渡ることにしよう。どうせ、死んだ方がよいと思ったこともあるのだから、その気になって決行しよう。心を決めた私は、翌日そのことを弟妹に話をしました。妹は泣き出して、

「一緒に連れて行って。ダメな時はお姉さんと一緒に死んでもよいから連れて行って。どんなことでも我慢するから」

と云うのでした。弟たちは、ただ、ぼんやりと私を見ていました。六歳の小さい弟は特に哀れでした。母を亡くし、今また、姉から捨てられると考えているのでしょうか。哀れでなりませんでした。

行くと決めても、第一に旅費の用意をしなければなりません。お二階を貸していた小母さんに世話をしてもらって、わずかな疎開の荷物の中から、私の七つの時の祝着一式を百円のお金に替えました。女学校の退学届を出した妹に、受け持ちの先生が百円を餞別《せんべつ》に下さいました。当時の百円は本当に貴重な金額でしたのに、今になってそれを思い出しても、妹が亡くなってしまって、お名前を失念してしまって、お礼

の言葉も申し上げられず、申し訳ないと思っています。

お二階の小母さんは、おにぎり用にと云ってお米を下さいました。小さな柳行李一つに荷物をまとめて、チッキ（鉄道による手荷物輸送）で出しました。母方の親類へ預けることにした十歳と六歳の弟の身の回りの品もまとめて、風呂敷包みをつくり、お二階の小父さんに託しました。上の弟だけは長男なので、祖母の家に残って近くに住む叔母に時々様子を見てもらうように頼みました。これで出発の準備ができたのです。

その夜はお別れのつもりで、お弁当用に頂いたお米の中から、お芋も麦も入れない白いご飯を炊いて、弟たちに食べさせました。嬉しそうに食べる弟たちの姿にも、別れを思って胸が痛んでなりませんでした。その夜、何かちょっとしたことで、長弟と末弟が喧嘩をはじめ、私が止めた後、次弟は何かじっと考え込んでいたが、急に包丁を持ち出してきて、末弟を引き寄せると、

「俊英を殺して僕も死ぬ」

と云って、大粒の涙をぽろぽろとこぼすのです。

「僕たちがいなければ、お姉さんは、こんなに困らなくても良いんだ。遠い北海道に行かなくてもよいんだ。だから、死ぬんだ」

と云うのでした。次弟の泰正は、前から一番辛抱強くて、私の困るのを知って何かと手助けをしてくれるのでした。私もぽろぽろと泣きながら、弟を説き伏せたのです。

「今、少しの間辛抱してくれれば、必ず迎えに来るからね。姉さんはみんなの面倒を一生みてあげられる

ように働きに行くのだから、必ず、迎えに来るから、決してウソは吐かないから。それまで、元気で待っていて」

私は、弟の骨ばった肩を抱いて、どんなに涙を流したことか。

5. 新天地札幌天使病院へ

お二階の小父さん小母さんに、明日になったら、二人の弟を母の実家の中志筑（現かすみがうら市中志筑）に送っていってもらうようにくれぐれも頼んで、その夜十一時三十分、青森行きの汽車に乗るために家を出ました。既に眠っている三人の弟の寝顔に涙を飲みながら、

「必ず、必ず迎えに来るから、元気で待っていて」

と心に固く誓いながら妹を連れて駅に向かったのです。十六歳の私と十四歳の妹の寂しく悲しい旅立ちでした。今でも、『人生の並木道』の歌を聞くとその時の思い出が蘇って、胸が詰まってしまうのです。それにしても、後ろ髪を引かれる思いとは、こういうことを言うのでしょうか。明日の朝、目を覚ました時、小さい弟たちは、どんなに寂しい思いをすることでしょう。ごめんね、ごめんね、と胸がつぶれる思いでした。既に初冬に入った十一月の夜風は寒く、暗い夜道に人影もなく、なおいっそう二人を悲壮な気持ちにさせるのでした。

土浦の駅から、超満員の汽車にやっと乗り込むことができました。ガラスのないところに乗客たちが新

聞紙を張って風を防いでいました。親のない渡り鳥みたいな私たち二人は、ぴったり体を寄せ合って、通路の隅にしゃがみ込みました。オーバーもない私たちの姿に、復員の兵隊さんらしい方が毛布を貸して下さいました。それを二人で、頭から被りながら、毛布の中で泣いてしまいました。

遠い北の国、北海道とは、どんなところなのかしら。初めて尋ねる札幌という街にある天使病院では、私たち二人を置いて下さるでしょうか。前途の不安とおいてきた小さい三人の弟たちのことが気がかりで、心も体も震えてしまうのです。満員の列車は、がったん、ごっとん、と二人を北へ北へと運んで行くのです。

仙台を通過して、やっと座席に腰を掛けられました。

仙台は、父が入隊したところで、あの時私は、父の入隊より遅れて仕上がった日本刀を警察の許可をもらって、やっぱりこの時間に仙台の駅に届けに来たのでした。あの時は、父が、駅に迎えに来てくれていました。そして、いささか軍国少女を気取った私は、この軍刀で父が勇ましく活躍してくれる姿を胸に描いて、誇らしく軍刀を父に手渡したのでした。しかし、今は、あの軍刀で父が敵兵さえもむやみに傷つけることなく、人を斬ればその陰で泣く家族があることを思って、軍刀は自分を守るためだけに抜いてくれることを願っている自分に気が付きました。間違っても、米軍のように、一般市民を無差別に大量に殺戮することなどない様に願ったのでした。

東京に居たころは、毎月一日には必ず登校前に靖国神社にお参りし、陸軍省と海軍省へ慰問袋を届けることに情熱を燃やし、東条英機大将から感謝状が学校に届けられて、誇らしい気分になっていましたが、私はもはや軍国少女ではありませんでした。でも、あの頃慰問袋を差し上げてから文通していた兵隊さんたちは、みんな無事に帰還して頂きたいと祈っていました。

翌日の夕方、やっと青森に着きました。一歩列車の外に出ると、ぞっとするほど寒く感じました。焼けたがらんどうの駅に津軽海峡の海風が容赦なく吹き込んでいます。連絡船に乗るのにも満員なので、列を作り、番号札をもらったけども、明日の晩にならなければ乗船できないと云われました。

冷えたおにぎりを、壊れかけた駅の椅子に掛けて二人で食べました。寒さに震えながら、二人ともあまり口を利こうとしませんでした。お互いの胸の中に際限なく広がってくる不安をしっかりとしまい込んでおこうとするように、ただ、時間の過ぎるのを待ちました。港からずうっと、水平線の彼方に冷たい海の色が広がっていて、その先は何も見えません。心細さが身に染みてきます。でも、今更引き返すわけには行かないのです。帰る家はないじゃないか、とわが心に言い聞かせていました。

夜になると、駅のはめ板を剝がして燃やして暖を取る人もいました。しかし、見回りに来る駅の人もなく、青森駅は広く寒く、がらんとしているのみでした。

その夜、遅くなってやっと乗船しましたが、その時初めて、進駐してきていると聞いたアメリカ兵を見ました。抜けるように色の白い、見上げるように背の高いアメリカ兵によって、白い粉を頭からかけられました。DDTでした。このときはじめて、日本の敗戦に直接触れたような気がしたのです。

気が付かないくらい静かに船は滑り出しました。甲板の手すりにもたれて、妹と二人、遠くなる青森の灯を見つめていました。

「さようなら、内地よ。さようなら、弟たちよ」

とても遠い、外国にでも行くような気分になりました。船の汽笛は寂しく波間に消えていきます。船室に戻ると、疲れが出たのか妹はぐっすり眠ってしまいました。可哀想な妹、目じりに流れている涙を拭いてやって、私もいつの間にか眠ってしまった様です。

目覚めて甲板に出ると、もう夜が明けていて、目の前に函館の港が迫っていました。とうとう、生まれて初めて津軽海峡を越えてきたんだと思いました。空は良く晴れていて、緑が多く見える函館が、あの灰色に見えた青森と比べて、何か温かく私たちを迎えてくれるような気がしました。

函館より再び汽車に乗り、長万部とか倶知安とか耳慣れない駅名を聞いた時は、なぜか、異国を走る汽車のような気もしました。広々とした大地が続く車窓の景色に触れて、ここは戦争がなかったところかと錯覚するところでした。

目的の札幌の駅に降り立ったのは、まだ午前三時でした。夜明けまで駅のベンチで過ごして、交番で道を尋ねて、天使病院へ向かいました。心に不安が襲ってくるのを抑えるように、二人で手を取り合って速足で歩きました。私たち二人を受け入れてくれなかったらどうしよう。口に出すのが恐ろしくて、口も利かずに道を急いだのです。

北十二条東三丁目、ちょっと古びた静かな病院の玄関の前に立つと心が震えました。受付の方に、

「堀田さん、堀田ふみ子さんはおいでになりますか」

と尋ねると、直ぐ呼びに行って下さいました。

「まあ、喜久子ちゃん。よく来ましたね」

と、長身の堀田ふみ子さんが、長い廊下の向こうからニコニコと笑顔で現れたときは、本当にどんなに嬉しかったことか。

「さあ、いらっしゃい。疲れたでしょう」

と私たちを優しくいたわりながら、病院の長い廊下をいくつも廻り、きれいに掃除の行き届いた、二階の大きな部屋に案内してくださいました。

「ここが私たちのお部屋よ。もう安心して、ゆっくりなさいね。病院の院長様には私からよくお話をしますから。もう心配しなくても大丈夫よ」

と云われたときは、妹と二人、ただ、泣けて仕方がありませんでした。

　間もなく、白いベールを頭から被られた修道女のスザンナさま（宿舎の舎監）が、

「院長様がお会いになりますよ」

と迎えに来られました。

札幌天使院

病院に続いて、天使院という修道院があり、神に仕える修道女の方々が居られて、病院のお仕事、宗教関係の印刷をする印刷所でのお仕事、それに幼稚園もあって、それぞれ分担して仕事をしていらっしゃるのです。

その修道院の応接間に通されて、ちょっぴり不安で落ち着かないでいましたが、間もなく扉が開いて、オランダ人の院長様と、ドイツ人の副院長さまが入ってこられました。見上げるほど大きい院長様は、白い修道服に身を包まれ、大きな体をゆっくりと私たちの前に立たれました。教会は、東京にいるとき、喜久井町にある教会へ度々通って、神父様の存在は知っていましたが、日本の尼僧とも違った優雅な修服姿に、何か別世界に来たような感じがして、私も妹も気を飲まれた形でした。流暢《りゅうちょう》な日本語で、

「ようこそ、よく来ました。もうダイジョブです。何も心配ありません。お父さんがお帰りになるまで、お二人をしっかり護って頂くように神様にお願いしてあげます。安心していらっしゃい」

青い瞳の奥が優しく微笑んで、私たち二人の冷え切った体と心を大きく抱擁してくださったのでした。

院長様は、私たち二人の話をお聞きになり、

「どうぞ二人をここで働かせてください」

とお願いしたのに対し、

「妹さんはせっかくの学業を続けた方がよいです。藤高女（札幌藤高等女学校、現藤女子中学・高等学校）というミッションスクールがあります。それは、札幌でも名門校で、同じ修道会の経営ですから、頼んで入学させましょう」

と夢のようなお話をしてくださいました。そして私には、

「来春、看護婦の試験があるまで、修院にある印刷所で働いていた方がよいですよ」

とおっしゃって下さったのです。なんと有難く深い愛情を示して下さることか。二人はまるで、天国へでも迎え入れられたような心の安らぎを覚えたのでした。夢見心地で寄宿舎の方に戻ると、温かい食事をさせて下さり、

「疲れているでしょうから、夕方までこのままお休みなさい」

とお布団を出して下さいました。もう何も言うことがありません。言われるままに素直に床に入ると、張り詰めた気が緩み、二人ともぐっすり眠ってしまいました。


目を覚ますと堀田さんともう一人、若い女の方が部屋に入ってこられました。病院の台所で、堀田さんと一緒に働いて居られる方でした。

「私、雪ちゃんよ。どうぞよろしくね」

とにっこり笑って自己紹介されました。その目が澄んで、雪国生まれを思わせるお肌のきれいな方でした。


雪ちゃんこと松井雪江さんとはその後、長い交際が続いて、いいえ永遠に続くはずでしたけれど、昭和五十七年五月に大腸がんのため、愛と奉仕に暮れた尊い一生を東京小金井市にある桜町病院の一室で閉じられたのでした。松井雪江さんは、天使病院を離れた後、静岡県御殿場にある神山復生病院で、終身病人の看護と慰めに当たられ、その間にも自費で韓国に渡り、持参の薬と包帯でライ病の患者の方の治療を続

けられるなど、人間に対する深い愛情は、いつも手にしていらしたロザリオと十字架に恥じない一生だったと改めて敬愛の念に駆られています。

夕方になると、次々にこの大部屋の方たちが戻ってこられます。看護婦さん、印刷所、お勝手（台所）、幼稚園で働く方々のお部屋で、そこは娘さんの部屋と呼ばれていました。ここで、私たち二人の生活が始まりました。

朝になると御ミサと云う聖堂でのお祈りがあります。私たちは、信者ではありませんが、聖堂に行くのが大好きになりました。美しい祭壇にはイエズス様とマリア様の像が飾られてありましたが、幼子を抱かれたマリア様の美しく気高い像を仰ぐのが私の慰めでもありました。マリア様に母の面影を重ねて、母を慕う気持ちが私をマリア様に結びつけたのだと思います。天使院に暮らすあいだ中、御聖堂は唯一の憩いの場になりました。

妹の千恵子は、ミッションスクールの藤高女に通わせて頂き、制服のことから教科書まで、その一切のお世話をして頂きました。私は、印刷所の事務室で働くことになりました。宗教書の印刷、カレンダーの印刷のお手伝いで、合紙取りをしたり、事務所にある売店で、信者の方に聖書やベールを売る仕事をしました。係りの童貞様（シスターの別称）は、カナダ人のウスタース様という年配の方でしたが、優しくて仕事熱心な方で、私をとてもよく指導してくださいました。土浦の祖母が、こんなに優しいおばあさんだったらと、つい思ってしまうのでした。

院長様はじめ、みんな周りの方達は、温かく私たち姉妹を見守って下さるのでした。今までの苦しみがみんなウソのように、日々拭われて行くのでした。私は、ただ一生懸命に働いて居れば、毎日の食事の心配はしなくてもきちんと食堂に用意されていることが、どんなに有難く思われたかしれません。後は、来年四月の看護婦試験にパスすればよかったのです。これでよいのかしらと思うほどに平和で幸せでした。妹も生き生きとして、すっかり遅れている勉強に励んでいました。

亡くなった母や妹は、天国と云う所に迎え入れられて、その魂は永遠に生き続けている、というカトリックの教えも心の支えとなって、教会の教えへの求道心も、日ごとに強くなるようでした。朝晩のお祈りも欠かさず、聖歌に涙が流れました。

そんな幸せの中で、唯一の気がかりは、内地に残してきた弟たちのことでした。

「弟さんたちのことは、心配なく。早く頑張って、看護婦さんになって帰ってきてね」

と、下の二人の弟を預かってくれた母方の従姉の芳子さんから便りをもらっていたのですが、その芳子さんが、それから間もなく霞ヶ浦航空隊の将校だった人と知り合って、京都へお嫁に行ってしまいました。それで、矢張り預けた二人の弟のことが心配でした。冬へ向かっての寒さの中で、下着の繕いや洗濯は、どうしているかしら。誰か、弟たちに温かく接していてくれるかしら。考え出すと、目がさえて眠れない夜もありました。

一日ごとに雪に埋もれていく北の国、札幌の街々、そして、クリスマスが訪れてきました。真夜中に起きて、みんなお聖堂に集まり、御ミサが行われました。清らかに、厳かに、礼拝堂で撞き鳴らす鐘の音に、私は深く頭を垂れて、平和な日々を神様に感謝し、亡き母や妹達の冥福を祈り、内地の弟たちをお守

右：千恵子　左：著者・喜久子

りくださいと、そして、外地の父が一日も早く帰って来られるように、神様に祈っていたのでした。

その夜は、病院で働く全ての人にプレゼントがありました。私たち姉妹にも、素敵な洋服やお菓子のプレゼントがあり、心満ちて眠りについたのでした。

こうして、妹と二人の平安な日々が何日か過ぎました。そんなある日のことです。見知らぬ女の方の名前の手紙が届きました。不審に思いながら封を切った私は、読むうちにアッと思って蒼くなってしまいました。

手紙は、東京都板橋にお住まいの本田さんとおっしゃる方からでした。次弟の泰正が、家を出て放浪をして、たまたま土浦の駅に一人でいるのを見かけて可哀想に思ったので、東京へ連れてきてお世話をしています、という文面だったのです。どうしたことでしょう。一体どうしたことでしょうか。母の実家に預けていたはずの弟がそんなことになっているなんて、とても、信じられない。ほかの二人の弟は、どうしているのでしょうか。

手紙を持って、院長様の処へ飛んで行きました。院長様は、私たちが正直にお話をしてお願いすれば、どんな力にでもなって下さるお方なのです。

「どうしましょう」

と訴える私に、院長様は即座に答えて下さいました。

「はい、早くつれていらっしゃい。此処に。お父さんはお国の為に戦地に行って、苦労していらっしゃるのです。帰って来られるまで、弟さんたちに間違いがあってはいけません」

と力強くおっしゃって下さいました。私は思わず、その熱く、温かい胸に泣き伏してしまいました。

「院長様、今すぐ行かせて下さい」

私は、一刻でも早く、弟たちを迎えに行ってやりたくなりました。旅費とお弁当と頂いて、その日のうちに夜行で札幌を立ちました。吹雪の夜でした。冷たい雪に頬を叩かれても、私の体は、弟たちを思う気持ちに燃えていましたので、寒く感じなかったのだと思います。

「弟たちよ。待っていて。今、迎えに行くから。きっと、幸せの街、札幌に連れてきてあげるから」

と呼びかけながら——。

6. 弟たちを迎えに

二度目に渡る津軽海峡は、海が荒れていて、船は大揺れに揺れました。それがあまり気にならず、船酔いもしなかったのは、弟たちの安否で胸が一杯だったからなのでしょうか。

長く感じられた青森からの汽車の旅を経て、やっと土浦の駅に着くと、もう夢中で、家まで走りました。ガラッと玄関を開けて飛び込むと、末弟の俊英が火の気もない寒い部屋に、一人ぼんやり座っておりました。

「あ、お姉さん」

飛びついてきた弟。痩せて、ごつごつした手。目ばかり大きくぎょろぎょろと光らせて、その目から、ぽろぽろと涙を流しているのです。

「可哀想に。可哀想に。御免ね。親類の家にいるから安心だと信じて、今までほっといて悪いお姉さんだったね。御免ね」

と、弟をしっかり抱きしめてやりました。わんわんと声を上げて泣く弟は、まだ六歳です。どんなに寂しく辛い思いをさせてしまったことか。

「もう、大丈夫。ちゃんと迎えに来たのだからね」

と、やっとなだめて、食べずに持ってきたお菓子をあげると、嬉しそうに食べながら、今までの話をするのでした。

長弟の昌弘は、復員してから当時いわゆる闇屋さんと呼ばれる仕事を始めた二階の小父さんに連れられて、東京に行ったと云うのです。二階の小母さんは、牛渡《うしわた》（現・茨城県かすみがうら市）の農家の生まれだったので、お米を調達してきて、毎日おにぎりを作り、それを上野の駅に持って行くと飛ぶように売れたのでした。当時、お米は配給制だったため、このような闇屋さんが多数存在し、繁盛していました。そのお手伝いをしていたのです。

あぁ、私は、何も知らずにいたのでした。自分ばかり幸せな毎日を過ごしていたこの四か月余りの日を。帰らぬ後悔が胸を締め付けるのでした。母方の親類へ預けた二人の弟は、毎朝、食事の前に必ず薪を取りに行くように言われ、とても寒くて重かったことと、おなかが空いてたまらなかったことに耐えられず、汽車にも乗らず、遠い道のりを歩いて帰ってきてしまったということです。

祖母は、居ても保護者でなく、それからの毎日、本当にどうして暮らしていたのでしょうか。毎日長弟と喧嘩ばかりして、祖母には叱られるだけで、食事の面倒もみてもらえず。ある夜、家を出た次弟はそれっきり土浦の家に帰ってこないというのでした。お二階の小母さんは、こんなことを知らせては心配して可哀想だから、便りもしなかったと云われました。祖母は、

「まったく困ったものだ。オレは、一人で大丈夫だから、早くみんなを連れて行っておくれ」

と云うだけで、降ってわいたように疎開してきた、ちびっこギャング共に困惑しているのをみて、親族としての愛情などは、全く覚えがないという様子でした。

夜になって帰って来た長弟は、荒れ果てた顔をしていました。二人の弟たちをいじめて、喧嘩ばかりしている弟、しかしまだ十二歳です。私を見ると嬉しそうに、自分も札幌に連れて行ってくれと頼むのです。その弟に順々と諭して連れて行く約束をして、その夜は、末弟を抱いて寝てやりました。安心してすやすや眠る痩せた真っ黒の顔。私は、涙が止まりませんでした。母が居たら、まだ、その温かい懐が、母の膝が恋しいはずの弟なのです。今度こそ、もう離さないで、私が守ってやらなくては。誰もこの弟たちに一片のパンだって与えてはくれないのでしょう。

翌朝、早く家を出て、次弟を迎えに上京しました。そしてまず、院長様に頼まれた用事を済ます為に、下落合の聖母病院を尋ねました。それから、空襲の時お世話になった山口登お兄さんが、その頃、日本橋白木屋の中にある鎌倉文庫に勤めて居られたので、そこを尋ねました。ずっと文通をしていて、いつも励まして下さって、優しく頼もしい山口の兄さんに会って、とても嬉しかったことを覚えています。お兄さ

んは杉並のアパートを友達と二人で借りていたので、ひとまず、そこに落ち着いてから、弟を探しに行くことになりました。

お兄さんの仕事が済むのを待って、杉並のアパートへ連れて行ってもらいました。今までの話を聞きながら、お兄さんは、

「喜久子ちゃんは随分重い十字架を背負っているね。でも、逃げないで、それに打ち勝って行くんだよ。人生の重みを跳ね返す力を蓄えて行けば、それが、あなたの幸せを呼ぶことになるんだから。くじけちゃだめだよ」

と励まして下さいました。

翌日、勤務があるお兄さんに代わって、作家になる勉強をして居られた友人の方、確か木村さんと云われたと思いますが、その木村さんが、一緒に弟を探しに板橋まで行ってくださいました。広い板橋を尋ねまわって、やっと本田さんのお宅を訪れることができました。

「ごめんください」

と尋ねる声に応えて、優しそうな奥さんが赤ちゃんを抱いて出て来られました。この奥さんは、弟を土浦から連れて行って下さった本田さんの息子さんの奥さんでした。私の来意を申し上げると、

「残念なことをしましたね。数日前までは、確かに家におりました。でも、水戸の親戚を尋ねるからと云って出て行ってしまったのです」

と云われ、私は、頭がくらくらしてしまいました。

次弟の泰正は土浦の家を出てから、上野の地下道に二、三日はいたらしいのですが、それから、仙台の奥の松島寄りにある三ケ内《さんがうち》という村にある祖母の実家を訪ねて二、三日暮らし、そこにも長く居られず、土浦の駅まで戻ったものの、家には帰らず、駅の構内に寝ていたということでした。本田さんのおばあさまが見かけて話を聞くと、母は空襲で亡くなり、父も戦地に行っていないし、独りぼっちだと云うので、可哀想になり、そのまま東京の板橋に連れて来られて世話をしてくださったそうです。だんだんに、姉が北海道の札幌の天使病院というところに居ると話したので、試しに手紙を出して下さったということでした。もう一週間早く、私が来られたら、もう一週間、弟が待っていてくれたらと——。

泰正は一体どこへ行ってしまったのでしょう。本田さんにはくれぐれもお礼を申し上げて、辞しました。

水戸に母方の親戚はあると聞いていたけれど、住所も知らないのに、弟は今、どこの空の下に生きているのでしょうか。お兄さんのアパートにもう一晩泊めて頂いて、翌日、心当たりのある所は全部訪ねて歩きました。でも、弟はどこにもいません。もしやと思って、当時、大勢の浮浪者が群れていた上野公園や上野駅の構内もその地下道も、胸が潰れる思いで弟を求めて捜し歩いたのですが、全て徒労に終わりました。

どこかで元気でいてくれればよい。きっと会う日が来ると信じては居ても、今はもうどうすることも出来ません。巷に浮浪孤児が溢れているときに、警察も一人の戦災孤児など、探していられない時代でした。もう、どうすることも出来ません。

心に大きい重荷を背負ったまま土浦に戻った私は、その翌日、次弟のことは万一土浦の家に戻ってきたら直ぐに知らせてください、とお二階の小母さんにくれぐれも頼みました。そして、三月二十七日、二人の弟を連れて土浦を発ったのです。

汽車の中では二人とも、大人しくしてくれました。八戸市に復員するという方が、実家に帰れば、俺の家は網元だから、困ったら訪ねておいで、と云って十円を下さいました。

相変わらず寒い青森の駅に着いて連絡船を待つ間に、二人の弟に荷物の番をさせて、何か食べ物はないかと探して、可愛い赤い小さなリンゴをさっき頂いた十円分買って戻ってくると、さあ大変です。二人に預けておいた荷物を全部盗られてしまったのです。

「ちゃんと番をしていないからよ」

叱ってみても後の祭りです。おにぎりや、いいえそれより大事な、聖母病院から院長様にと預かって来た大事な封筒も入っていたのに、その荷物まで盗られてしまったのです。

こんな悲しい三人の姉弟の貧しい荷物を盗るなんて、本当にひどい人！　許せない！　情けなくて、腹立たしくて、泣いてみてもなくなった荷物を取り戻すすべもありません。暗い青森の駅、寒い青森の駅、私は、その時の悲しみを生涯忘れないでしょう。札幌までの道は、まだまだ遠い。それなのに、その食料の全てを失って、院長様へのことづけも失ってしまって、でも、札幌に戻るしか行くところはありません。

リンゴを食べさせて、また、ＤＤＴをかけられて、連絡船に乗りました。船室の中でしょんぼりしていたに違いない三人の子供ばかりの私たちを見て、不審に思われた年配の小父さんが、優しく訳を聞いて下さって、おにぎりを御馳走してくださり、寒いでしょうと、毛布を貸して下さいました。冷たく暗い世の中にも、こんな温かい人の情けがあったのです。やりきれないほど、切ない私の胸の中がほのかに温められる心地でした。その親切な方は、札幌市にお住まいの里中さんと云う方でした。

それから、札幌までの汽車の中で、私たちは心強い旅ができたのでした。おかげで、私たちは列車の窓から見える、北海道のなんとなくおおらかに見える景色を楽しむゆとりがありました。カモメの群れ飛ぶ森海岸の実に広々とした様子を眺めました。

札幌に着いて、私の家は駅から近いから、寄って食事をしてから行きなさいと勧めて下さるので、お言葉に甘えてそのまま、里中さんの家まで行ってしまいました。そこで、温かい食事を作って御馳走してくださり、その上、天使病院の門前までわざわざ送って下さいました。

「何か、困ったことがあったらまた、尋ねていらっしゃい」

とおっしゃって下さいました。しみじみと有難い、人の情けに触れた出来事でした。

天使院に着くと、院長様はじめ修道女の方々が、みんなで優しく迎えて下さいました。

二人の弟は、大きい院長様のお姿をびっくりした顔で見上げていましたが、お菓子やリンゴをたくさん頂いて、ニコニコしていました。私は院長様に、恐る恐る大事な聖母病院から言づけられた手紙を盗られてしまった事情をお話しして、お詫びを申し上げました。

「少しも心配ありません。こちらでまた、連絡するから大丈夫ですよ。それより、長い道中、大変でしたね。ゆっくりおやすみなさい。きっと中の弟さんの居所もわかりますよ。神様が守っていて下さるから。弟さんの無事をお祈りしましょう」

とかえって慰めて下さいました。

宿舎の方は女性ばかりの処へ、たとえ子供でも男性は入れない規則になっているので、その夜から私の二人の弟は、病院の屋根裏にある小さな三角のお部屋に畳を入れて頂いて暮らすことになりました。ちょっぴり小公女の物語を思い出したりしましたが、現実は、とても寒い部屋でした。そこは、暖房が届かない部屋だったからです。

でも弟たちはこれで、幸せになれるはずでした。四月から、長弟の昌弘は、やはりカトリックの光星中学校に通わせて頂けたし、末弟は、小学一年生として、近くの小学校に入学させて頂きました。

しかし、平和は束の間で、私は再び、辛い思いを味わわねばなりませんでした。何か月もの間、全く愛情に飢えた生活を強いられていた弟たちの精神的な心の飢えを満たしてやることは、十六歳の未熟な私にはできなかったからです。

私も四月から、看護婦の入学試験に合格して、その勉強をしながら見習いの仕事に就いていました。憧れの白衣を着て張り切ったつもりだったのですが、私の目が届かないと、二人の弟が大喧嘩を始めるのです。入院患者のいる病院の廊下をバタバタと走り回り、果ては、取っ組み合いをして転げまわる、そして、負けた悔しさに、末弟が大声で泣きわめくのです。看護婦さんが、

「大変、止めて下さい。患者さんが困るから、早く来て喧嘩を止めて下さい」

と、走って来られるのでした。私は赤くなったり、蒼くなったりしながら、慌てて飛んで行きます。
「うるさくて、また、熱が上がってしまうよ。院長様も厄介なものをおいてさ。迷惑ったらないね」と囁く声も耳に入ります。全くその通りなので、弟たちをなだめながらも、つい自分で泣いてしまいました。

優しい神様のような院長様にまでご迷惑をかけてしまう申し訳のなさ、辛さ、悲しさは、口では表せないくらいでした。そんな私を、堀田ふみ子さんや松井雪江さんは、いつも姉のように励まし、助けて下さいました。

当時は、主食の代わりにジャガイモやカボチャの蒸《ふ》かしたものが出されましたが、おなかを空かす弟たちの為にそっと数を増やして下さるのは雪江さんでした。修道女の方々は、少しも叱らず、ちょっとも変わらず、お世話をしてくださいました。それは全部、院長様の広い大きいお心が病院の中に浸透しているからだと思われました。

札幌の冬の寒さを初めて味わって、小さい体が冷えてしまうのか、弟たちは毎晩、湯たんぽを入れてあげてもよくオネショをしてしまうのでした。私は毎日、勤務が済んでから、大きく広い洗い場で一人で洗濯をしました。夜中に起きて、霜焼けの手を赤く腫らしながら洗う時は、辛く思えて泣いたこともありました。でも、父が帰るまでは、この弟たちを守ってやらなければと、歯を食いしばって耐えていたのです。困らせるだけの弟たちだけれど、まだ、母恋しいはずの弟たちが哀れでなりませんでした。

7. 次弟泰正との再会

そんなある日、確か四月三十日と記憶していますが、札幌駅前の交番から、天使病院の私に電話がかかってきました。不審に思って受話器を取ると、

「あなたの弟さんに泰正さんっていますか」

と聞かれました。思わず胸が高鳴って、

「はい」

と答えると、

「弟さんが、あなたを尋ねてここに来ています。すぐ、迎えに来て下さい」

ということでした。姉妹の世話をしてくださる係りの修道女のアグネスさんと云う方にお願いして、二人で駅まで小走りで、交番に飛び込みました。

「やっちゃん」

と私が呼ぶと、弟は、汚れた服に肩からカバンを下げて立っていました。伸びた髪、苦労したであろうやつれた真っ黒な顔、そして、照れくさそうにニヤニヤ笑って立っていたのです。こんな遠い北海道まで、たった一人で、私を尋ねてきてくれた次弟泰正。本当に良く来てくれたと、私は思わず抱きしめてやりました。お巡りさんによくお礼を申し上げて、瘦せた弟の手を取って病院へ連れて帰りました。

「よかったです。これで、姉弟全員が揃いましたね。いつ、お父さんが帰って来られても安心です。神様がちゃんと守っていて下さったのですね」

と院長様は、わがことのように喜んでくださいました。

バラバラだった姉と弟と妹が、北海道の札幌で、一緒に暮らすようになるなんて、本当に夢のような気がします。私だけが、看護婦の見習いでささやかな仕事をするだけなのに、四人の弟妹を学校に通わせて下さり、食事から衣類のことまで一切のお世話をして頂くなんて、もったいない気持ちで一杯でした。ことに、大きい院長様には、手を合わせたい気持ちです。

でも、そんな私の気持ちを理解できるほど、弟たちは大人ではありませんでした。三人になった男の子の騒ぎは、一層大きくなって、病院内の非難の声も益々大きく強くなって返って来るのでした。

道路の雪はまだ消えなくても、札幌にも春が来ました。私は、万一父が帰らないときでも、弟たちと生きて行くために、看護婦の勉強に力を注がなくてはならないのです。長期戦だと覚悟しました。

しかし、長弟と次弟はことあるごとに争い、争いの度に、次弟は、また一人でこの病院から出て行くつもりだと云うのです。放浪が身についてしまったのでしょうか。心配で、夜もおちおち眠れなくなってしまいました。

そうした弟たちの状態をお知りになった院長様は、長弟昌弘を、通っている光星中学校の宿舎に住まわれている神父様にお預けになったのでした。私の背中から、一番重い荷物を除けて下さったのです。何時の騒ぎでも昌弘が起こすのですから、やっと次弟泰正も落ち着いてきて、病院の中を楽しそうに歩き回り、修道女の方のお手伝いなどするようになりました。

　泰正が今までのことを話してくれるようになりました。それによると、東京の本田さん宅を出た弟は、矢張り、水戸駅に降りたのでした。するとたちまち、浮浪者が集まってきて、弟は取り囲まれたのです。その時、駅に見回りに来られた刑事さんに助けられて水戸の警察に連れて行かれました。そして、闇屋さんをしていて、警察に挙げられてきていたある小父さんに、刑事さんが、

「この子の面倒をみてやるなら、今日のところは見逃してやるから、どうだ」

と云われて、そのまま泰正はその小父さんに預けられたのです。そこで暫くの間お世話になっていたのですが、姉の私が恋しくなって、そこを飛び出し、無賃乗車で、途中仙台駅で下車して、駅前の交番で事情を話したら、

「札幌市の天使病院まで、姉さんを尋ねて行く、戦災で親を失った子供だから、宜しく」

という、云わば無賃乗車の証明書みたいな、当時だから通用したと思える証明書を書いて下さったのです。それで、汽車賃はただで乗り継いで、札幌まで来たということでした。汽車の中では、復員の兵隊さんの何人かの方々から、おにぎりやお小遣いまで頂いて、やっと札幌まで来ることができたというわけなのでした。

　見知らぬ大勢の方々の善意で、泰正が無事に私のもとにたどり着けたのだと思うと、これも、きっと亡き母が何処かで見守っていてくれたからだと確信しました。私が泰正を探しに上京した時は、水戸で暮らしていた頃なので、分からなかった筈です。

長弟昌弘も、神父様の御指導宜しきを得て落ち着きを見せ、二人の弟の目の光がだんだん優しくなっていくことが、私にとってどんなに嬉しいことだったことか。とても言葉では表せない気持ちでした。これで、私もやっと自分の勉強に精が出せるようになりました。これで父が無事に復員してくれれば、みんな幸せになれると思いました。

毎日の御聖堂でのお祈りに心を込めました。お庭の隅にあるマリア様の像が好きで、仕事の済んだ夕暮れの一時をその前で過ごしながら、亡き母や妹の思い出にふける心のゆとりも持てるようになりました。北国の春は五月で、修院の庭にもとりどりの花が咲き、バラのアーチのつぼみも膨らんできました。

そんなある日、土浦から速達便が届いたのです。祖母の家のお二階の小母さん、中根とりさんからでした。封を切った中から出てきたのは一枚のはがき、それは、紛れもなく父の筆跡だったのです。忘れもしない、達筆な父の字に間違いありません。帰って来たんだ。父は、無事に帰ってきてくれたのです。

涙で霞む目で見るそのはがきには、浦賀港に入ってから、船内で病気にかかり、浦賀の病院に入院していたが、間もなく帰れるのですとありました。東京は焼失したと聞いたので、とりあえず、土浦の住所あてに手紙を出したと書いてあるのです。宛名は母の名前です。父は知らないのです。母が亡くなったことも、二人の娘が母とともに焼死したことも。そして、その前年に、自分の父喜八が他界したことも、何も知らずに帰って来たのです。あんなに母想いだった父、子煩悩だった父、どんなに驚いて、嘆くことでしょう。悲しむことでしょう。可哀想な父。

疲れて帰ってくる父を、あまり驚かせてはいけないと思いました。父が土浦に帰る前に、私が土浦の家に居なければならないと思いました。

父の生還を院長様はじめ、病院内の皆さん全員が、そしてもちろん、弟たちも、妹も、どんなに喜んだことか。院長様は、

「せっかく帰って来られるのに、子供たち全員が遠い北海道へ行ってしまって、誰も居なかったら、それこそ、驚かれるだろうから、一刻も早く、土浦にお行きなさい」

と云われて、直ぐに内地への切符の手配をしてくださいました。慌ただしい、しかし、嬉しい旅立ちでした。

「お父さんを連れてくるから、ちゃんと大人しく、待っていてね」

と弟たちに言い聞かせて、札幌を発ったのです。

しかし、父に会ったとき、何と話を始めたら良いのでしょう。どうやって、母や妹達の死んだことを知らせたら良いでしょう。私たちが父の全然知らない、北海道まで行かねばならなかったわけを、どう説明したらよいのでしょう。父の生還を喜ぶ気持ちとは別に、父の悲しみや辛さをどう支えてあげたら良いかと、千々に心が乱れました。長い汽車の中での時間が、とてももどかしく思われて仕方がありませんでした。

8. お父さん！

五月二十六日の朝、そうです、あの日です。母や二人の妹の命日である日の朝です。土浦の駅に着いた私は、もしや、もう父は帰っているかもしれないという気がして、それこそ一目散に家まで走って、玄関を開けると、ああ、そこに父が居ました。仏壇の前にうなだれて座っていたのは父でした。二年ぶりで見る、懐かしい父。でも、痩せて、頬がすっかりこけて、いくつも年を取ってしまった様な父の姿でした。

「お父さん」

と呼ぶと、玄関へ飛び出してきた父に縋り付いて、泣いてしまいました。父も泣いていました。暫くは、お互いに何ものが言えませんでした。父は、昨日帰って来たのだそうです。奇しくも一年前、母や妹達が空襲で命を落とした日に戻って来たのです。そして、その日は、私の誕生日なのです。五月二十五日と云うのは、運命の日なのでしょうか。これも何か、神様の摂理なのかとも思われました。

父は、昨夜から一睡もできずに、仏壇の前に座したまま、朝を迎えたと云うことでした。どんなにつらく、悲しい一夜であったことでしょう。親戚の中でも、仲が良いので評判だった父と母。出征する前の夜に、

「いつどこで戦っていても、毎晩八時になったら、南の空に出る、あの星を眺めて心を通わせよう」

と約束をしたと云って、その星の名は、私には明かさなかった母は、よく物干しから星を眺めていました。父も、雲が隠さない限り、あの星を眺めていたと云います。そんな父と、母でした。

それが、早稲田大学で教練の教官をしていた父は、お国の為に、学徒出陣していく生徒たちを送り出しているだけでは済まないと、志願して出征していった父でした。部隊では一番年配だったという父。散々

苦労して、やっと帰ってみれば、優しくいたわって迎えてくれるはずの妻も、可愛い二人の娘たちも亡くなってしまったのです。

戦地に行く前、上野の駅で別れるときに、

「お父ちゃんにあげる」

と云って、一番小さい三歳の妹裕子が、飴を小さな可愛い手で口の中に入れてくれたのが忘れられないと、また涙をこぼす父。

「七人の子供は引き受けました。安心してね」

とお国の為にと送り出してくれた妻。その姿が今でも焼き付いているのに、夢のようだと男泣きする父。

誰が悪い。誰が悪くて、こんなことになったのでしょうか。誰に怒れば良いのでしょう。全ては、そんな時代に生まれた運命と云うのでしょうか。大きい時代の流れは、誰も逆らうことができず、深い苦しみと悲しみの渦の中に、全ての人間を飲み込んでしまうのでしょうか。

父が復員してからも、私たち家族が平和な生活を取り戻すまでには、長い年月がかかりました。でも、それは、日本国民が背負わされた、敗戦国としての苦しみだったのですから、そして、皆、同じ時代を戦い抜いて復興してきたのですから。

私はここで、ペンを置くことにします。

著者　あとがき

読んで下さってありがとう。ほとんど十六の時に記録したままの、たどたどしい表現の文章を読んで下さったことに、心から御礼を申します。

そして、一時でも母や妹たちの悲しいさだめ運命に心を寄せて頂きましたことに、御礼を申し上げます。

また、勇気を出して、この本を世に出すことに力を貸して、編集を手伝ってくれた孫の英宏にお礼を言います。

最後に、八十六歳の老婆の本を出版することを快く引き受けて下さった、はるかぜ書房株式会社の鈴木雄一社主及び、その社員の方々のお力添えに心から御礼を申し上げます。

この本の一冊目は、今は口も利けず施設のベッドに寝たきりの認知症介護度四の夫・勘一の手に渡します。

皆さま本当に有難う。本物の平和が守れる人が育ってくれることを念じて筆をおきます。

平成二十七年八月三十一日

著者　喜久子

追記

戦後の貧しい生活の中で、何時も私を支え、私の弟妹達の面倒、そして、勿論私の父のことも良くお世話して呉れた夫・勘一が平成二十七年九月三十日、八十六歳の生涯を閉じました。
一番私の本を喜んでくれる筈でした夫の仏前に供えて、心より冥福を祈りたいと思います。

著者　喜久子

編者　あとがき

空襲で焼け野原となった東京は、戦後、力強く復興を遂げた。表表紙の空襲を受ける東京の写真と、巻末の資料４に示した、復興後の東京の写真を御覧いただければ、その様子を実感することができると思う。

誤解を恐れずに言えば、その過程で、多くの戦災についての記憶に人々は蓋をしてきた。だが、忘れた訳ではなく、むしろ、悲しみ、傷は、水面下で、深く広く拡がりながら、人々は、耐えてきたのではなかろうか。それはひとえに、日本が、安全保障をアメリカ合衆国に頼りきった、歪《いびつ》な、保護国であるが故に、こうした悲しみに正面から寄り添うことが難しかったためである。

従って、多くの日本人のアメリカ合衆国に対する感情は、歪な国の形を反映した、抑圧されたものとなっている。結果として、先の大戦における合衆国の立場により強い配慮を見せる左派勢力ほど、現代の米国による力の行使に反対し、これを制約しようとする傾向がある。つまり、合衆国に対する悪意と反発と復讐心は、より強く、より深く水面下に潜ったのである。

しかし、現在、中華人民共和国が台頭し、米国と日本に対する挑戦の姿勢を鮮明にすればするほど、平和を維持するためには、日米の真の和解が重要となってきている。日本人がアメリカ合衆国に対して持っている抑圧された感情は、この目的のためにマイナスになりこそすれ、プラスになることはない。

そこで、将来の日本人がその生存を確保できるかどうかという問題の解決策は、即ち、日本人の戦災についての抑圧された記憶を敢えて解放し、日米の真の和解を促すことにある。

筆者の博愛主義に基づくわけでもなく、かといって、アメリカ合衆国による数々の蛮行の正当性を認めるからではなく、ただ、ただ、将来の日本の人々の生存にとって、自らの戦災の記憶が重荷とならないように、アメリカを許すという姿勢は、そのために、もっとも求められる姿勢である。

多くの戦災死された方々は、政治的な主張に利用されるために亡くなった訳ではなく、日本の将来の繁栄を願って亡くなったのである。

従って、深く、本当にあの日倒れた無数の方々を思うなら、数多くの後悔や記憶に埋もれるのではなく、ただ、ひたすらに、日本の将来を思い、一生懸命生きることだと思う。

今の復興した日本の姿からは、そんな風に生きた先人たちの姿と思いが伝わってくる。

戦災死された方々を思い、彼ら彼女らに寄り添うとき、左右のイデオロギーを越えて、日本人は愛国者にならなければならない。

それができたとき、多くの日本国民は、悲しい戦災の記憶を、歴史として受け入れ、復讐ではなく、希望に生きることができるようになるのである。

筆者の姿勢は、まさにその先駆けであり、我々若者にとっての希望そのものである。私は、筆者を祖母に持つことを強く誇りに思い、

本書を著してくれたことに対して深い感謝を捧げるものである。

本書の編集に携われたことは、実に幸運で、誇らしいことだと、強く思う。

平成二十七年八月三十一日

編者　菊地英宏

資料1　復員した著者の父、鹿嶋芳男の従軍証明書

従軍證明書

役種、官等級	豫備役陸軍中尉
氏名	鹿嶋芳男
生年月日	明治参拾五年拾貳月貳拾八日生
本籍地	宮城縣黒川郡吉岡町百貳拾七番地ノ貳
特業及特有ノ技能	銃剣術三段
賞	昭和十九年六月十二日桂平據ニ潯州入城作戦ニ際シ部下寡少ナルモ率先陣頭ニ立チ部下ヲ奮起セシメ敵一ケ節ヲ潰走セシメ無電機一、山砲五、弾薬千五百余ヲ捕獲セリ功甚ダ大ナリ軍司令官賞與
戦傷及戦病	昭和十九年十二月十二日番禺縣中山大學ニ於テマラリア（三日熱帯熱）ニ罹患ス
除隊、召集解除年月日	昭和二十一年五月二十四日

右相違ナキコトヲ證ス

昭和二十一年五月二十四日

南支派遣軍

獨立歩兵第二百三十九大隊長　川名孝

資料２　著者肉筆による父の略伝（昭和63年6月30日記）

〝偲ぶよすがに
鹿嶋芳男の略歴について〟
宮城県黒川郡大和町吉岡字上町二十六番地
に於いて
亡鹿嶋喜八　の長男として
亡　〃　ふち
明治三十五年十二月二十八日生まれる。
大正十五年より茨城県土浦市下高津小学校勤務。
同校訓導であった新治郡志筑村中志筑生まれ
亡池田徳太郎　の三女として
亡　〃　あい
明治三十七年一月一日生まれの
池田貞と昭和三年四月五日婚姻　三男四女をもうける。
昭和三年上京東京神楽坂警察署勤務となる。
昭和十四年二月より早稲田大学体操科教官となる
昭和十九年二月十二日仙台師団東部二十二部隊に召集さる。

昭和十九年四月二十六日外地出発 博多港より釜山上陸
中支派遣原第七九三四部隊編入
同年六月二日南支那香港上陸各地転戦
廣東市中山大学地区警備隊長陸軍中尉
として終戦を迎える。
昭和二十一年五月二十二日復員久里浜上陸 同二十四日土浦へ。
應召中に
昭和十九年九月二十二日父喜八死亡
昭和二十年五月二十五日夜半の二百数十機のB29の帝都
空襲に依り
妻 貞 四十二才
三女 多佳子 八才
四女 祐子 三才
東京都牛込早稲田南町にて
戦災死する
復員当時十七才長女 十五才二女 十三才長男 十一才二男
七才三男の五人と老母を抱えて職なく生活

を支えるに行商・町内の夜警と辛酸を極めるもその
真摯な生活態度は次第に町民の人望をあつめ晩年
は平安な一人暮しに入いり大町の老人会長として長く
その職にとどまり・又市の統計調査員として市・又は
県より度々表彰を受けた・寝たきり老人の慰問・
小さなバックに菓子袋をつめて子供達にあたえて歩くの
を生き甲斐として何事も望まず何事も欲せず飄々と
した生涯を最後まで貫ぬいた。
昭和六十年二月二日桜町四丁目の自宅にて小脳出血で倒
れかけつけた娘夫妻により土浦協同病院へ救急車
で運ばれる。病状思わしくなく二月十五日美浦中央病院
に移送する。その後奇跡の快復を示し
四月二十八日退院。九月十五日まで阿見町の二男の家に
同居。それ以後はずっと長女の家の庭先にプレハブの
一戸建をつくって世話になった。生涯で一番幸せな時期

でーんと長びながら平安な暮しも三年余りにて
昭和六十三年三月八日より風邪にて床に就き　長女のつくる
おかゆに手を合わせて「私は佛さまじゃないからおがまない
で」と云うと「長生きしすぎて御免なさい。貴女には私の
一生を通して迷惑をかけ通しだった気がします。どうぞこ
れからうんと幸せになって下さいよ。祈ってますからね。」と
淋しそうな照れたような柔和な笑顔で云われたのでした。
その風邪も一時は快方に向い、四月四日にはタクシーにて
東光寺に墓参り、又長年の友人であられた池田多喜司
様方等を訪れたのを最後に　その夕より再び寝込む。
四月十七日二男夫妻に付添われて美浦中央病院に行き
風邪と云われて帰宅するも病状悪化するばかりにて
四月二十一日再び診察を受けに行き直ちに入院。
酸素マスク点滴の治療が続く。四月三十日には気管支
鏡の検査に依り癌らしいと告げられる。一進一退の病状

とは云いながら次第に心身の衰えを見せ「早くもう一度大房
の家に帰えりたい」との望みを果たせぬまゝに一番気にし
ていた娘の夫の手術の無事を見届けるかの如くその二日後の
昭和六十三年六月三十日午後三時七分永遠の旅に立つ。
芳蓮院泰山報徳居士として東光寺に転居する。
今はその冥福を祈るのみ。　合掌

父の永年の友であって下さった方々。
父を助けて下さった親せきの方々
父を自分の親、それ以上に世話してくれた私の主人。
父の最後を良く看病してくれた弟、妹達。
父にやさしかった孫達、ひ孫たち
みな様　本当にありがとうございました。　父にかわって
感謝を申し上げます。　最後に父の自慢のたねであった
竹下登総理大臣の弔文を記して記念とします。
在りし日の御厚情に感謝申し上げ謹んで御冥福を
お祈りいたします。

資料３　古い我が歌集の中から　喜久子

かつての日戦場馳けしその夜にて　父は玩具の行商をする

古き裳を黙してぬぎし吾が父は　童べ相手の行商をする

うなだれて何も云わない吾が父の　此の頃ふえし白髪かなしく

四季の風雨にたゝかれ草むせし　墓地に眠りて母は四とせ年を

草むせし墓地に詣でぬ一年ぶり　たゞせまりきて掌を合せ来ぬ

草むせし墓地にむれいる蝶のあり　亡き妹の魂かとぞ見ゆ

六年目を迎える母の命日も　墓地の移転先不明なるまゝ

戦没学徒らの遺稿を読みて　つきつめし想いにたゞ合掌す

夜をこめて思い出の記つゞりいて　ふと追いゆきぬ母のまぼろし

資料４　富士山を望む力強く復興された新宿の摩天楼群
（2009年１月 撮影）

参考文献

ヘンリー・S・ストークス／加瀬英明（2012）『なぜアメリカは、対日戦争を仕掛けたのか』祥伝社

日高義樹（2012）『なぜアメリカは日本に二発の原爆を落としたのか』PHP研究所

著者：菊地《きくち》 喜久子《きくこ》

昭和4年（1929）5月25日、茨城県志筑村（現かすみがうら市）の母実家に生まれる
生後すぐ東京牛込早稲田南町の早大教授服部文四郎博士邸内にある一軒家に移る
後、父が神楽坂警察署から早大教練講師に転職のため牛込弁天町に移る
牛込女子商業学校2年卒業の後すぐ女子挺身隊として大手町中央電話局に勤務
昭和20年5月25日、母と妹2人焼死のため挺身隊除隊、茨城県土浦市の祖母の家に戻る
同年11月、札幌市天使病院に行き、翌21年3月より看護婦見習いとして勤務
同年5月、父復員のため退職して土浦に帰る
現在、茨城県土浦市在住

編者：菊地《きくち》 英宏《ひでひろ》

昭和54年1月　茨城県土浦市に生まれる
平成13年3月　筑波大学情報学類卒
平成18年3月　同大大学院博士課程
システム情報工学研究科修了、博士（工学）
工学分野での開発職、研究職を経て、独立
現在、山口多聞記念国際戦略研究所において代表・首席上級研究員
茨城県土浦市在住
著書『ミッドウェー海戦が示唆する勝利の法則』（はるかぜ書房、2015年刊）

七《なな》十《じゅう》年《ねん》目《め》の鎮《ちん》魂《こん》歌《か》

―お母《かあ》さん、妹《いもうと》たちよ　姉《ねえ》さんは亜《あ》米《め》利《り》加《か》を許《ゆる》そうと思《おも》います―

平成28年5月25日　初版第一刷発行

著　者：菊地《きくち》 喜久子《きくこ》
編　者：菊地《きくち》 英宏《ひでひろ》
発行者：鈴木 雄一
発行所：はるかぜ書房株式会社
E-mail: info@harukazeshobo.com　http://harukazeshobo.com/
発売元：株式会社 慧文社《けいぶんしゃ》
〒174-0063　東京都板橋区前野町4-49-3
TEL 03-5392-6069　FAX 03-5392-6078
E-mail: info@keibunsha.jp　http://www.keibunsha.jp/
〈印刷・製本所〉株式会社ウォーク
ISBN 978-4-86330-169-6